编委会

主　　任：范卫平

副 主 任：阎晓明　田　进　童　刚　王　求
　　　　　王效杰　黄　炜　李京盛　陶世明

编　　委：周然毅　徐江帆　吴　煜　章　尤

执行主编：郑志亮

编　　辑：魏博洋　梁　浩　黄海睿（实习）

策　　划：戎　融

文　　案：翁旭东

资　　料：曹航宇

制　　作：潘　悦　陈中瑞　刘子赫　卜欣荣
　　　　　邓　石　赵子龙　翟一凡　王润秋
　　　　　杨子烨　姜雨彤　张珈铭　曲　伸

新时代中国优秀广播电视作品案例库

中国广播电视大奖
2021—2022年度广播电视节目奖获奖作品选

范卫平 主编

中国传媒大学出版社
·北京·

目录

▍广播类·消息

记者接力记录:暴雨中遇险的 K599 次列车 99 小时曲折旅程/3

直播带货乱象调查(3 集)/5

中国首例卵巢组织冻存移植婴儿迎来周岁生日/7

全球首例！河北钢铁集团开始用氢燃料炼钢/9

十条公约、两场投票、四千户居民参与……封闭 11 个月的这扇门终于能开了！/11

拓市场、稳订单！全国首趟涉外商务包机今日启程/13

中老铁路正式开通运行/15

全国首份区域全面经济伙伴关系协定原产地证书在青岛签发/17

踩吧,踩着我！

——风雨中最温暖的声音/19

▍电视类·消息

中国共产党第二十次全国代表大会在京开幕　习近平代表第十九届中央委员会向大会作报告/23

"象"往何处/25

北京 2022 年冬奥会倒计时一周年 冬奥会和冬残奥会火炬正式发布/27

世界单机容量最大的白鹤滩水电站全部机组投产发电/29
平凡英雄/31
桥见十年/33
灰鹤"落户"迎河湾/35
中国建成世界首条环沙漠铁路线/37
全国首个县级竹林碳汇收储交易平台落地安吉/39

广播类·评论
录音述评：春耕关键时期，打通农资运输堵点卡点刻不容缓！/43
"领导过问"才办反映了什么？/45
别让千里救援寒了心/47
一管污水"排"出两种作风/49
职业教育的喜与忧/51

电视类·评论
思想耀江山
——协调篇/55
丰收，莫忘保护耕地！/57
新业态如何走出新就业"陷阱"？/59

广播类·栏目
新闻和报纸摘要/63
运河之上/65
12316"三农"热线/67
清晨热线/69

▌▌电视类·栏目

新闻联播/73

好好学习/75

新闻夜线/77

西藏诱惑/79

▌▌广播类·现场直播

神舟十五号载人飞行任务
　　——中国之声特别直播《筑梦空间站》/83

千年运河,北首启航
　　——京冀运河通航大型融媒现场直播/85

绿电,来了!/87

百家争鸣,世界瞩目
　　——稷下学宫遗址正式确认/89

新型复兴号从这里奔向"C位"/91

▌▌电视类·现场直播

庆祝中国共产党成立100周年大会特别报道/95

《风华正青春》建党百年24小时大型直播/97

"人民之城"融媒联播/99

▌▌广播类·专题

十年,这里(10集)/103

"一线"领跑"世界高铁"/105

我们的现代化/107

为中国大豆注入"洪荒之力"/109

最强AI诞生?"ChatGPT热"背后的冷思考/111

二手车市场的那一滩浑水/113

半纸族谱 一湾乡愁
——北京大学台胞三兄妹绵延三代人的寻根故事/115

微山湖上:一只大闸蟹的三次"蜕变"/117

大河奔腾新时代/119

爱在这里延伸
——抗癌厨房里的温暖烟火/121

"寒心"的老旧小区改造/123

电视类·专题

领　航/127

总书记的回信/129

天地大往返/131

我们都是追梦人/133

中国新远征(第一集　千秋之业)/135

创出新天地/137

声歌嘹亮/139

电视类·纪录片

看见纪南城/143

将军之死/145

加油！新时代/147

老区的"华丽一族"/149

大河之洲/151

岳麓书院/153

又见三星堆/155

▌广播类·对外传播

Beat the Rush(分秒人生)/159

被人类养大的东方白鹳如何回归野外/161

外国专家在云南/163

我在冰天雪地上体育课/165

▌电视类·对外传播

人类碳足迹/169

百年大党
　　　　——老外讲故事·上海解放特辑/171

"汉字叔叔"
　　　　——留下来,做一个研究汉字的"南京人"/173

有朋自远方来(Be My Guest)第一季/175

▌广播类·对港澳台

大湾区之声热评:高票通过决定就是最大的民意!/179

两岸青年看临港,留下来,就拥有未来/181

全球首次公布古台湾人DNA　证实福建是南岛语族祖源地/183

台大教授带百万网友一起"回家"/185

2022年元旦全港学校首次举行升挂国旗奏唱国歌仪式/187

▌广播类·文艺

音乐之声庆祝中国共产党成立100周年特别策划《颂歌》之
　　《情深谊长》/191

再唱马兰谣/193

当戏韵邂逅味蕾/195

你们,从燕赵出发/197

听见中国动画百年
　　——《音乐活力派》特别节目/199
沂蒙脱贫带边疆
　　——九间棚建设小康社会30年目睹记/201
东江水长,粤港情深/203
堡子乱弹/205

广播类·广播剧

千里江山(第十集 飞鹤云空)/209
有事找彪哥/211
花开的声音/213
信念树/215
一泓清水北上/217
回　家/219
南海榕/221
宋庆龄/223

中国广播电视大奖

广播类·消息

广播类·消息

> **作品标题** 记者接力记录：暴雨中遇险的 K599 次列车 99 小时曲折旅程

作品信息

作品类型：广播类·消息
刊播单位：中央广播电视总台
推荐单位：中央广播电视总台
主创人员：集体
作品时长：10 分 3 秒
播出平台：中国之声
播出日期：2021 年 7 月 24 日

作品展示

使用手机微信扫描二维码，即可观看本条获奖作品的新媒体展示。

作品简介

2021年7月,河南暴雨灾害造成广泛影响。省会郑州作为中国铁路重要枢纽之一,周边有多趟列车被困滞留,其中K599次情况最为典型。

在郑州采访的记者得知列车遇险消息,因道路受阻无法抵达现场,便远程电话采访司乘人员了解最新情况。列车重新开动后,在总台本部的紧急调度下,湖南站记者从中途上车采访,广东站记者在广州站守候,记录列车抵达的场景。三路记者克服困难,接力跟进,音响汇总后连夜制作,次日听众才听到了这篇扣人心弦的报道。

 推荐理由

河南暴雨灾害备受关注,K599次的曲折经历牵动人心。报道音响非常丰富,凸显了广播报道的专业性和感染力。作品采用倒叙的结构,充满悬念,扣人心弦,力图详细、生动地记录火车遇险过程及乘务人员、乘客的情绪变化,从一个侧面反映重大灾害事件对社会生活的影响,以及普通人在灾害面前的勇气、坚韧和善良,令人感动,引人深思,是一篇难得的精品力作。

作品标题: 直播带货乱象调查(3集)

作品信息

作品类型: 广播类·消息
刊播单位: 中央广播电视总台
推荐单位: 中央广播电视总台
主创人员: 陈爱海、王业丰、唐婧、刘柏煊、张鸿昊
作品时长: 22分21秒
播出平台: 经济之声
播出日期: 2021年12月12日至12月14日

作品展示

使用手机微信扫描二维码,即可观看本条获奖作品的新媒体展示。

作品简介

中央广播电视总台财经节目中心经济之声记者历时两个多月,以暗访、专访、调研等形式对国货企业、主播、MCN 机构等进行了深入细致的采访,推出系列报道《直播带货乱象调查》,剑指直播带货行业对待国内企业"双标"、主播巨额偷漏税、割企业"韭菜"等乱象。

该组报道共三集。

第一集《选品、收费"看人下菜碟",国货企业遭遇"双标"对待》揭示出直播带货行业对需要扶持的国货企业大肆"割韭菜",却靠给国际大牌带货提升知名度的"双标"行为。

第二集《"坑位费"真的是个"坑","拼低价"导致中小企业"还没长大就老了"》揭示了主播的"压价"给实体企业造成的伤害,甚至严重扰乱市场,带来恶性循环。

第三集《培训一周、时薪百万,起底带货主播的"隐秘角落"》揭露了由于行业门槛低、从业人员素质良莠不齐,主播"买流量、刷单、偷逃税款"等行为频频出现,致使行业乱象丛生。同时,也揭露了 MCN 机构一头"坑企业",一头"坑主播",在市场中"浑水摸鱼"赚快钱的行径。

 推荐理由

该组报道充分发挥热点引导和舆论监督作用,通过深入调查研究,深刻独到地揭露了直播带货行业的重重乱象,理直气壮替中小企业和群众发声,为有关部门对行业的整治营造良好舆论氛围,促进了直播带货行业规范健康发展。报道立意新颖、内容翔实出彩、观点鲜明,传播形式多样,成熟运用多平台、全渠道的传播手段,是融媒体传播的一次"重量级"实践。

作品标题 中国首例卵巢组织冻存移植婴儿迎来周岁生日

作品信息

作品类型：广播类·消息
刊播单位：北京广播电视台
推荐单位：北京市广播影视协会
主创人员：韩萌
作品时长：3分34秒
播出平台：北京新闻广播 FM95.4
播出日期：2022年9月25日

作品展示

使用手机微信扫描二维码，即可观看本条获奖作品的新媒体展示。

作品简介

1. 新技术带来新"生命"。因肿瘤放化疗带来的不孕不育、卵巢早衰等问题成为很多女性面临的"难题"。报道中阮祥燕教授团队在卵巢组织冻存技术上的突破,填补了国内技术空白,为我国女性肿瘤患者生育带来希望。

2. 记者花4年时间长线记录"中国方案"的实施过程。从许女士接受冻卵组织移植手术,到成功妊娠,再到顺利分娩,4年间的每个节点记者都做了跟踪报道。这一"中国方案"也是北京作为全国科创中心、医疗中心惠及人民的具体体现。

3. "先网后台"传播见成效。记者当天撰写的图文报道在多平台发布。医院反馈,有患者看到报道后前来咨询,希望保住生育能力。

 推荐理由

1. 新闻价值高、立意好。报道的新闻事件填补了国内技术空白,使我国女性癌症患者的生育功能得以保留。同时突出了北京作为全国科创中心、医疗中心的作用。

2. 现场感强,表达通俗又不失准确。报道从一场儿童生日会现场入手,回溯了许女士在"新技术"助力下当妈的故事。记者用通俗易懂的语言描述了手术全过程。

3. 有点有面,新闻纵深感强。报道中,适用人群以及我国最大卵巢组织冻存库的建设情况介绍,让整个新闻事件有了延伸感。

| 作品标题 | 全球首例！河北钢铁集团开始用氢燃料炼钢 |

作品信息

作品类型：广播类·消息
刊播单位：河北广播电视台
推荐单位：河北省广播电视协会
主创人员：集体
作品时长：3分43秒
播出平台：新闻频率
播出日期：2022年12月16日

作品展示

使用手机微信扫描二维码，即可观看本条获奖作品的新媒体展示。

作品简介

　　绿色转型、高质量发展是中国企业贯彻新发展理念的题中之义。河钢氢冶金示范工程一期全线贯通，突破氢冶金关键核心技术，在全球率先以氢燃料炼钢，对推动我国钢铁行业转型升级具有重大引领作用，为钢铁"摆脱"对煤炭等传统化石能源的深度依赖提供了全新路径、创造了全新场景。这篇报道主题重大，事实鲜活，当日事当日报，突出了广播新闻时效性强的优势。

 推荐理由

　　这篇消息报道的新闻事实——氢冶金工程对推动我国钢铁行业转型升级具有重大引领作用，主题重大，时效性强，引发社会广泛关注，被多家传统媒体、网站转发，受到业内专家及社会大众的高度关注和一致好评。

作品标题 十条公约、两场投票、四千户居民参与……封闭11个月的这扇门终于能开了!

作品信息

作品类型:广播类·消息

刊播单位:上海广播电视台

推荐单位:上海市广播电视协会

主创人员:姚轶凡、陈霞、孟诚洁

作品时长:3分39秒

播出平台:FM93.4上海新闻广播

播出日期:2021年1月13日

作品展示

使用手机微信扫描二维码,即可观看本条获奖作品的新媒体展示。

作品简介

　　基层社会治理有多难？从一扇因疫情防控而暂时关闭的小门想要重新开启难上加难便可见一斑。短短四分钟不到的报道，作者在导语部分言简意赅抛出有关一扇门的表决结果，引发听众好奇心：这是一扇怎样的门，惊动两个小区居民为之投票表决是否重新开启。

　　紧接着，报道追根溯源，摆出两个小区居民之间的矛盾所在。遇事不退避，不偏颇，两个小区的基层管理者一边按章、依法推动"小门"合法重启，一边不忘"走人心"，广泛听取百姓不同声音，逐步完善"居民通行公约"，获取绝大多数人的赞同。

　　表决顺利通过，小铁门重新开放。在依法合规、广开言路的基础上，铁门再度开启，既赢得了百姓的赞誉，也给出了一个基层治理的经典"走心"实践案例，颇具借鉴意义。

 推荐理由

　　看得出本文作者用心良苦，跟踪采访一个多月，记录了一个经典的社会基层治理案例。全文逻辑清晰，且立意高远，是一篇不可多得的优秀广播录音报道。

作品标题

拓市场、稳订单！
全国首趟涉外商务包机今日启程

作品信息

作品类型：广播类·消息
刊播单位：浙江广播电视集团
推荐单位：中广联合会交通宣传委员会
主创人员：林非、汪洋、金亦维、戴家琪
作品时长：3 分 49 秒
播出平台：FM93 交通之声
播出日期：2022 年 7 月 10 日

作品展示

使用手机微信扫描二维码，即可观看本条获奖作品的新媒体展示。

作品简介

浙江是外贸大省,受新冠疫情影响,不少外贸企业已经三年没有出国参展、拜访客户、开拓市场,单单靠线上交流,"拓市场、稳订单"的压力越来越大。

为贯彻落实习近平总书记关于"疫情要防住、经济要稳住、发展要安全"的讲话精神,通过浙江省各级政府的努力,新冠疫情以来全国首趟为国内涉外商务人员打造的往返包机终于成行。2022年7月10日,首批36名宁波"外贸人"组成的商务包机团从宁波栎社国际机场出港,飞往布达佩斯。

记者抓住了这一重大事件,报道了政府在非常时期大胆创新出台"包机出海"的举措,并且由此进行了各项协调工作。记者赶到送机现场,采访了外贸代表,向听众转达了他们对此次"拓市场、稳订单"之旅的美好愿景。

 推荐理由

(一)新闻价值高,意义重大。非常时期,在做好疫情防控措施的前提下,宁波推出全国首架拓市场商务包机,体现了浙江敢为人先的精神。

(二)内容扎实,同期声丰富。从现场企业家的讲述到整个外贸的数据,点面结合,有说服力。7段同期声,立体呈现了政府和企业的双向奔赴。

(三)报道叙述脉络清晰,结构紧凑。该报道内容涵盖大,采访对象丰富,叙述层层相扣,听感流畅。

作品标题

中老铁路正式开通运行

作品信息

作品类型：广播类·消息
刊播单位：云南广播电视台
推荐单位：云南省广播电视学会
主创人员：袁晓星、汪灏、李浩然
作品时长：1分48秒
播出平台：新闻频率
播出日期：2021年12月3日

作品展示

使用手机微信扫描二维码，即可观看本条获奖作品的新媒体展示。

作品简介

2021年12月3日,连接中国昆明和老挝万象、全线采用中国标准、使用中国设备,并与中国铁路网直接连接的中老铁路全线开通运行,老挝自此迈入铁路运输时代。作为"一带一路"、中老友谊的标志性工程,中老铁路的通车将为云南加快推进与周边国家互联互通、加快建成中老经济走廊、构建中老命运共同体提供有力支撑。

云南广播电视台新闻频率提前策划,派出记者分赴昆明火车站的中老铁路通车仪式现场、站台、乘客候车区,并乘坐首发列车进行现场采访,第一时间在车站内完成新闻稿件采写制作,报道在列车通车仅一个多小时后就在18点《云广新闻》中播出。

作品全方位、多角度呈现中老铁路开通的盛况和巨大影响,报道除了在传统广播平台播发,还在学习强国、蜻蜓FM、喜马拉雅等网络平台播出,引发社会各界广泛关注和积极评价。

 推荐理由

该作品从中老两国领导人共同宣布发车、列车驶出站台的场景入手,通过中老铁路背景介绍、专家解读、老挝政府领导评价、中老民众采访等多种方式,多层次、多角度地对中老铁路开通运行这一重大新闻事件进行了报道,全面反映了中老铁路通车给云南、老挝铁路沿线地区带来的变化,以及对中老两国从基础设施"硬联通"到政策规则"软联通",再到人民"心联通"产生的深远影响。

| 作品标题 | 全国首份区域全面经济伙伴关系协定原产地证书在青岛签发 |

作品信息

作品类型：广播类·消息
刊播单位：青岛广播电视台
推荐单位：中广联合会交通宣传委员会
主创人员：李昕、宋利军、赵娜、张晓琳
作品时长：1分30秒
播出平台：青岛交通广播 FM89.7
播出日期：2022年1月1日

作品展示

使用手机微信扫描二维码，即可观看本条获奖作品的新媒体展示。

作品简介

面对《区域全面经济伙伴关系协定》(RCEP)生效这一中国对外开放新的里程碑,主创人员提前与青岛海关、青岛市商务局等部门沟通,从2021年12月31日晚10点起驻守原产地证书审签大厅,独家记录下青岛海关开具首张RCEP原产地证书的瞬间和审签通过的全过程。幸运的是,零点22秒这个时间,也让该证书成为中国首张RCEP原产地证书。

作品在青岛交通广播播出后反响强烈,在青岛广播电视台官方客户端蓝睛App播发后,点击量突破10万人次,让听众对RCEP生效后持续释放红利、有力推动区域经济合作充满期待。开出首张原产地证书瞬间的录音素材被青岛海关收藏,得到青岛海关、青岛市商务局等部门的高度评价。

 推荐理由

2022年,RCEP无疑是一个热词。业内认为,更高水平的开放、更大的市场、更完善的政策,将催生更多新的发展机遇,为全球经济复苏注入持续动能,RCEP的生效备受期待。本作品提前策划,现场感强,极具感染力,充分展现了我国人民拥抱RCEP机遇,共享RCEP红利的迫切心情和热切愿望。企业、海关和国际组织的三段采访,短小精悍又层层递进。主题重大,新闻性强,具有极强的可听性。

作品标题

踩吧，踩着我！
——风雨中最温暖的声音

作品信息

作品类型：广播类·消息
刊播单位：永州市广播电视台
推荐单位：湖南省广播电视协会
主创人员：孙健、陈瑞峰、潘嘉诚、骆彦婷
作品时长：3分13秒
播出平台：永州新闻综合广播
播出日期：2022年6月22日

作品展示

使用手机微信扫描二维码，即可观看本条获奖作品的新媒体展示。

作品简介

　　2022年6月中旬,受持续一周的强降雨影响,江华瑶族自治县沱江镇老城区低洼地带被洪水淹没,多名群众被困,被洪水浸泡的老屋随时可能垮塌。记者跟随救援大队奔赴抗洪抢险一线,在救援船上全程跟踪报道。

　　作品没有刻意采访人物,而是大量采用了环境音和同期声,现场感强烈、真实、紧张,听众能跟着消息的播放同感同情。6月22日下午4点半左右,记者从救援现场回到岸上,快速制作,抢在下午5点的《新闻速递》播出,体现了广播特色,同步进行的网络发布点击量超过20万人次。报道有温度、有力度、制作精良,除了广播线上播出,稿件还在今日永州、永州新闻网等平台推送,形成立体传播效应,播出后在受众中反响强烈,进一步激发了人民群众抗洪抢险、拯救生命的信心和决心,展现了"以人民为中心"的强大正能量。

 推荐理由

　　作品新闻价值高,可听性强,充分体现了记者的脚力、眼力、脑力、笔力和广播消息"短、新、快"的特点,首发时间早,新闻性、时效性强,记录真实现场、真实情感,用"小故事"传递"大温暖",是一篇简洁明快、情感丰富、影响广泛的优秀广播消息。

中国广播电视大奖

电视类·消息

作品标题 ▶ 中国共产党第二十次全国代表大会在京开幕
习近平代表第十九届中央委员会向大会作报告

作品信息

作品类型:电视类·消息
刊播单位:中央广播电视总台
推荐单位:中央广播电视总台
主创人员:集体
作品时长:31分22秒
播出平台:CCTV-1综合
播出日期:2022年10月16日

作品展示

使用手机微信扫描二维码,即可观看本条获奖作品的新媒体展示。

作品简介

　　主创团队调配最精干力量,集中最优质资源,多次现场踏勘、视频推演、细化方案,确保报道高质高效、万无一失。历经数月艰苦努力,人民大会堂大礼堂展开了十年来最大规模的灯光一体化升级改造,以呈现最佳光影。多种最新科技设备首次亮相大礼堂,"总书记与党徽党旗同框"经典镜头气势恢宏、震撼人心,形成珍贵历史影像。多组编辑同步作业,合理安排,分段制作审看,极短时间内完成全片编辑制作,确保新闻准确、安全播出。

　　该篇报道以平实、精准的镜头语言和饱满的音质深刻诠释了习近平总书记无愧为民族复兴领路人、亿万人民主心骨,首次实现全球233个国家和地区全覆盖,全球133个国家和地区的1818家电视台及其新媒体平台转播报道,各项核心传播数据刷新对外传播纪录,以圆满成功的报道唱响时代最强音。

 推荐理由

　　该报道庄重恢宏地展现了中国共产党第二十次全国代表大会开幕的历史时刻,新闻画面工整、结构清晰、制作精良,经典镜头载入史册,饱满音质激荡人心。整体报道规制有序、沉稳大气,高度体现政治性、严肃性、时代性,是一篇用极致专业水准诠释政治内涵的精品佳作。

电视类·消息

作品标题 "象"往何处

作品信息

作品类型：电视类·消息
刊播单位：中央广播电视总台
推荐单位：中央广播电视总台
主创人员：集体
作品时长：12分12秒
播出平台：CCTV-13新闻
播出日期：2021年4月20日—9月10日

作品展示

使用手机微信扫描二维码，即可观看本条获奖作品的新媒体展示。

作品简介

2021年4月,当了解到云南有象群一路北上,从传统栖息地进入玉溪时,总台敏锐察觉其新闻价值,报道团队第一时间奔赴现场,一组盯紧大象动态做直播报道,另一组深入现场挖掘故事发特写小片,跟随大象跋山涉水、翻山越岭,直至象群返回传统栖息地,历时近四个月的马拉松式追象系列报道暂告段落。

"连续剧"式地播报讲述人象和谐的生动故事,还向全世界展示了"可信、可爱、可敬的新中国形象"。

报道全媒体采编、现象级传播,在不同平台发稿1500多条,50多次冲上互联网热搜,总点击量超20亿次,还被国外上千家媒体平台采用,成功引领海内外舆论,获一致好评。

推荐理由

《"象"往何处》系列报道是近年来难得一见的长时间、大篇幅、"连续剧"式的系列报道。总台抓住野象"出圈"的新闻热点,统筹调度全台资源,对其北上南归进行全程跟踪报道。报道时间跨度长、新闻性强、策划性强、关联性强、可视性强,大小屏紧密融合,多角度、多侧面、多体裁,是总台新闻报道团队以传播效果为导向,遵循传播规律,在重大敏感题材上加强舆论引导,既"敢讲"又"能讲"更"会讲"的经典之作。

作品标题：北京2022年冬奥会倒计时一周年 冬奥会和冬残奥会火炬正式发布

作品信息

作品类型：电视类·消息
刊播单位：北京广播电视台
推荐单位：北京市广播影视协会
主创人员：樊煜、张师琦、田雪吟、李琪、陈静岩
作品时长：1分29秒
播出平台：新闻频道
播出日期：2021年2月4日

作品展示

使用手机微信扫描二维码，即可观看本条获奖作品的新媒体展示。

作品简介

办好北京冬奥会、冬残奥会是党和国家的一件大事,是我们对国际社会的庄严承诺。做好冬奥会、冬残奥会的筹备工作也是北京市委、市政府的重点任务。克服疫情带来的不利影响,北京冬奥会的筹备工作一直有序推进。在冬奥会开幕倒计时一周年之际,火炬"飞扬"正式亮相,可以说举世瞩目。记者提前参与活动的前期部署,了解火炬的设计理念,跟随冬奥组委一起踏勘现场,进行了周密准备。火炬发布现场记者精心捕捉精彩瞬间,录制了完整的同期声,在当晚制作完成一条内容丰富精美的短消息,并及时播出。新闻将冬奥火炬"冰火相约、激情飞扬、照亮冰雪、温暖世界"的特点尽情表达,也彰显了中国人民奉献一届精彩、非凡、卓越的冬奥会的决心和实力。

推荐理由

冬奥会、冬残奥会是党和国家的一件大事,是中国政府对国际社会的庄严承诺,习近平总书记亲自谋划、亲自推动。做好冬奥会、冬残奥会的筹备工作也是北京市委、市政府2021年的重点任务。火炬是北京冬奥会理念和我国文化的载体,备受社会各界瞩目,火炬发布是冬奥会筹办过程中的重要节点。在倒计时一周年到来之际,经过层层征集、评审的北京冬奥会火炬设计方案最终确定,标志着冬奥筹办进入了新的阶段,也为冬奥会、冬残奥会的举办营造了良好的社会氛围。新闻播出后,在全社会引起热烈反响。火炬精美的设计和承载的理念也赢得广泛赞誉,被多家媒体和网络平台转载。

电视类·消息

作品标题: 世界单机容量最大的白鹤滩水电站全部机组投产发电

作品信息

作品类型:电视类·消息
刊播单位:黑龙江广播电视台
推荐单位:黑龙江省广播电视协会
主创人员:曲芳林、李明多、刘馨蔚、刘艳艳
作品时长:3分53秒
播出平台:黑龙江卫视
播出日期:2022年12月20日

作品展示

使用手机微信扫描二维码,即可观看本条获奖作品的新媒体展示。

作品简介

2022年12月20日,世界在建规模最大、综合技术难度最高的水电工程——白鹤滩水电站最后一台百万千瓦机组投产发电,这标志着世界最大清洁能源走廊全面建成。包括最后一台和首台投运的白鹤滩发电机组是由位于黑龙江省的哈电集团电机公司研制。机组全部投产历经540天,演绎了中国力量和中国速度,代表着中国水电进入了世界水电的"无人区"。记者赶赴白鹤滩水电站,采访记录这一重要事件,用通俗易懂的语言讲解这个大国重器背后攻克的许多世界级技术难题,及其创造的多项世界纪录。报道充分展现了中国"智"造已立足世界之巅,在社会上引起广泛关注,播出后被极光新闻、腾讯网等多家媒体转载、引用。

 推荐理由

白鹤滩水电站是在金沙江上铸就的"国家名片",该消息主题重大、立意高远、挖掘深刻,选取的同期声极具代表性,从施工难度、机组效能、投入使用后的意义进行分别陈述,特别是画面呈现极具震撼力,细节把握也非常到位,"震动特别小,摆上硬币不倒"这句话令人印象深刻,于细微处展现中国"智"造的水电机组极佳的性能,是新闻消息中的佳作。

电视类·消息

作品标题 ▶ 平凡英雄

作品信息

作品类型：电视类·消息
刊播单位：河南广播电视台
推荐单位：河南省广播电视协会
主创人员：胡志芳、杨展、隋莉、孔琛、陈小莉、王琳瑛
作品时长：18分7秒
播出平台：民生频道
播出日期：2021年8月19日

作品展示

使用手机微信扫描二维码，即可观看本条获奖作品的新媒体展示。

作品简介

2021年7月20日,河南多地遭遇历史罕见特大暴雨,郑州气象观测站小时降雨量最大达201.9毫米,突破中国大陆小时降雨量历史极值,人民群众的生命财产安全受到巨大威胁。人民至上,生命至上。面对突如其来的暴雨,这座城市的人们展开了一场史诗般的"自救"与"他救"。节目记录了"720"特大自然灾害发生时的群像,5个充满冲击力的真实故事,串联起19位亲历者的口述。一个个平凡英雄用人性的光辉,照亮了那些至暗时刻,生动诠释了"伟大出自平凡,英雄来自人民"。

节目播出后,迅速进入微博全国要闻榜、同城热搜榜,话题#19位亲历者口述暴雨中惊心瞬间#阅读量近6000万人次。新华社客户端、人民网河南频道等一百多家媒体相继转发。

 推荐理由

作品获得2021年国家广电总局第三季度优秀作品奖、河南省新闻奖一等奖。节目选题重大,集合式报道了在"720"特大自然灾害面前,一个个无畏生死、不悔奉献的平凡英雄,见证了平凡人的不凡之举,以小见大,由事见人,因事感人,以人文关怀和救助生命为主线,充分发挥主流媒体的责任与担当。

作品标题　桥见十年

作品信息

作品类型：电视类·消息
刊播单位：湖北广播电视台
推荐单位：湖北省广播电视学会
主创人员：集体
作品时长：35 分 55 秒
播出平台：湖北卫视
播出日期：2022 年 10 月 1 日—7 日

作品展示

使用手机微信扫描二维码，即可观看本条获奖作品的新媒体展示。

作品简介

该系列为湖北广播电视台喜迎党的二十大的重头策划,于2022年10月1日—7日推出。

立意深刻——以桥为载体,以湖北为缩影,讲述在习近平新时代中国特色社会主义思想指引下的中国巨变。主题包括产业共荣、乡村振兴等,展示了10年来中国在相关领域的巨大成果,以及中国人民的科学精神、爱国情怀。

架构分明——每一期以"非遗先导片+探桥主体片"的形式呈现。先导片通过非遗"造"桥,呈现桥的状态以及精神内核;主体片突出人物张力,放大鲜活现场,激发情感共鸣。每集配发评论,思想升华入脑入心。

表达创新——该系列融通新闻、纪录片、电影等表现手法,画面呈现出纪录片的"精致唯美",故事讲述见人见事,评论借助虚拟现实技术置景,韵味十足。

推荐理由

节目受到当时的中宣部副部长、国务院新闻办公室主任孙业礼点名表扬,称赞"该策划通过探访一座座桥梁,集中反映荆楚大地十年巨变"。相关微博话题 #桥见十年# #来我家瞧桥# 登上同城榜单,抖音话题登上实时热点榜第一位,话题总阅读量1000万+。相关稿件全网总阅读量过亿。其中,《桥与城的双向奔赴》一稿全网置顶。广电时评、国家广电智库、采访编辑圈、传媒茶话会等媒体发布近10篇点评;桥梁界、新闻界的十多位权威专家点赞。

电视类·消息

作品标题 灰鹤"落户"迎河湾

作品信息

作品类型：电视类·消息
刊播单位：宁夏广播电视台
推荐单位：宁夏广播电影电视协会
主创人员：李咏梅、王勇、王斌、海晓宇、房燕燕、孔峥
作品时长：3 分 59 秒
播出平台：宁夏公共频道
播出日期：2022 年 12 月 9 日

作品展示

使用手机微信扫描二维码，即可观看本条获奖作品的新媒体展示。

作品简介

2020年6月,习近平总书记视察宁夏时,赋予宁夏"努力建设黄河流域生态保护和高质量发展先行区"的重大使命任务。多年来,宁夏采取移民搬迁、退耕还林、小流域治理等措施,改善生态环境,取得了长足进步。宁夏是西北地区重要的生态安全屏障,沿黄九省(区),宁夏是唯一全境属于黄河流域的省份,承担着维护西北乃至全国生态安全的使命。电视消息《灰鹤"落户"迎河湾》,通过采访当地的村民,反映了湿地和鸟类保护与当地产业发展结合、公众参与生态环保的热情以及乡村振兴的美好愿景。

推荐理由

作品通过8年间惠农迎河湾湿地公园越冬的灰鹤从一百多只增加到五千多只,反映了黄河宁夏段下游生态环境的改善。这则短消息以灰鹤"落户"的"果",揭示了生态改善的"因",体现了新闻要用事实说话的精神:第一,抓"点",体现"面";第二,会"抓",也善"做";第三,以"事",讲出"理"。作品对于生态保护、乡村振兴,具有积极的启示意义。

电视类·消息

作品标题: 中国建成世界首条环沙漠铁路线

作品信息

作品类型:电视类·消息
刊播单位:新疆广播电视台
推荐单位:新疆维吾尔自治区广播电视协会
主创人员:格日勒图、丁坤、谭海磊、侯芳、赵渤
作品时长:2分44秒
播出平台:新疆卫视
播出日期:2022年6月16日

作品展示

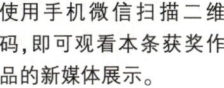

使用手机微信扫描二维码,即可观看本条获奖作品的新媒体展示。

作品简介

2022年6月16日，和田至若羌铁路正式开通运营，中国建成了世界上首条环沙漠铁路线。中国铁路建设者们通过给世界第二大流动沙漠——塔克拉玛干"补上"最后一截"空白"，结束了新疆南疆地区"5个县和3个团场"不通火车的历史，也为沙漠沿线各族群众便捷出行提供了坚实的交通基础。采访中，多路记者提前出发，深入沙漠腹地，克服采访点位多、路途遥远、风沙大和无人区的酷暑炙热，系统展现了沙漠铁路施工难度大、创新技术多以及铁路环线对带动新疆社会经济发展的重要历史性意义。作品运用电视镜头和现场采访，见证和记录了这一中国铁路发展历史上的重要里程碑事件，体现了中国政府对边疆少数民族地区的关心和重视，也成为对西方污蔑新疆各类言论最有力的回击。

推荐理由

该消息时效性强，用丰富的画面语言和清晰的主题层次，向观众展现了一个兼备便民利民、绿色环保、经济发展和大国工程等诸多元素的沙漠奇迹。标题突出强调了"中国建成世界首条环沙漠铁路线"，立足新疆，聚焦国之大者，充分体现了新闻价值，也突出了该条新闻所蕴含的历史意义。作品稿件结构完整，新闻要素齐全，现场感足，能让观众在最短时间内了解和若铁路通车及工程背后的深远意义，是一条主题突出、特点鲜明的电视消息类新闻作品。

电视类·消息

作品标题：全国首个县级竹林碳汇收储交易平台落地安吉

 作品信息

作品类型：电视类·消息
刊播单位：安吉县融媒体中心
推荐单位：中广联合会县级融媒体中心委员会
主创人员：朱怀康、张洁云、陶高旸、王科、祝青、施亚军
作品时长：3 分 26 秒
播出平台：安吉新闻频道
播出日期：2021 年 12 月 29 日

 作品展示

使用手机微信扫描二维码，即可观看本条获奖作品的新媒体展示。

作品简介

记者在第一时间获知该新闻线索,立即开始采访。由于该选题内容是一项创新工作,涉及的专业知识较多,为了通过恰当的电视表达使之在严谨的前提下通俗易懂,记者深入走访了大量竹农、典型企业和相关政府部门,对在"双碳"背景下,如何构建竹林碳汇收储交易平台闭环进行了大量调查,同时,运用娴熟的电视新闻语言较好地展现了新平台落成后所带来的变化。节目播出后,立即被多平台转发,并在央视、卫视等多个上级媒体平台播出,引发"双碳"相关话题热议。与此同时,节目在当地百姓中也获得了良好反响,为竹林碳汇项目的进一步落地赢得了广泛支持,为主管部门开展下一步的工作打下了非常坚实的社会基础。

推荐理由

广袤的竹林一头连着共同富裕,一头连着生态文明。安吉在竹林碳汇收储交易平台的"试水"成功,对于浙江共同富裕示范区的打造和全国"双碳"目标的实现均有十分重要的意义。该作品节奏明快、叙事流畅、画面工整,蒙太奇手法以及可视化运用恰当,在饱满展示新闻事件的同时,有效解读了相关的概念和政策。

中国广播电视大奖

广播类·评论

作品标题 录音述评：春耕关键时期，打通农资运输堵点卡点刻不容缓！

作品信息

作品类型：广播类·评论
刊播单位：中央广播电视总台
推荐单位：中央广播电视总台
主创人员：韩雪莹、李宇飞、刘黎黎
作品时长：8分53秒
播出平台：中国之声
播出日期：2022年4月21日

 作品展示

使用手机微信扫描二维码，即可观看本条获奖作品的新媒体展示。

作品简介

2022年4月,在中央下发通知要求切实打通堵点卡点、全力畅通春耕农资运输通道后,中国之声收到多条线索反映,部分地方政府仍未做到精准科学的疫情防控、未将绿色保供通道政策落到实处,化肥、农药、种子等农资及其生产原料、农机及零配件未纳入重点物资运输保障范围的情况较为普遍。彼时,粮食主产区东北三省正值春耕关键时期,农业生产和人员物资流通秩序通畅是确保不误农时、抓好春耕生产的重要保障。记者通过对各类农资供应商和经销商、物流运输公司和大货车司机、合作社负责人及农户等多方主体展开求证,深入剖析多件影响春耕农资运输的具体案例,呈现了部分地方政府不顾农时、疫情防控层层加码的实际状况。评论在强调国家层面已设计并不断优化货运物流保通保畅方案的同时,有力论证了全力畅通春耕农资运输通道和确保农业生产正常开展的关系,并明确指出做好春耕农资运输保通保畅工作是一道综合治理题,着实考验着地方政府的治理水平与能力,做好农资保畅工作的关键就在于各级各地须精准科学地把握和操作。

 推荐理由

记者展开调查、剖析原因,有力论证了全力畅通春耕农资运输通道和确保农业生产正常开展的关系,并提出解决思路。本篇评论涉及在科学精准开展疫情防控的要求下如何开展农业生产和保障粮食安全,话题性强,反映的问题较为典型,且评论自始至终突出建设性,引起了中央和国家相关部委的高度重视,促进了相关制度的完善。

作品标题:"领导过问"才办反映了什么?

作品信息

作品类型:广播类·评论
刊播单位:天津海河传媒中心
推荐单位:天津市广播电视协会
主创人员:集体
作品时长:10分10秒
播出平台:新闻广播
播出日期:2021年6月2日

作品展示

使用手机微信扫描二维码,即可观看本条获奖作品的新媒体展示。

作品简介

习近平总书记强调,一个国家治理体系和治理能力的现代化水平很大程度上体现在基层。基础不牢,地动山摇。2021年3月15日—4月19日,天津新闻广播推出"办实事 开新局——2021区长访谈",在访谈中记者发现,许多长期困扰群众生活的基层问题在"领导过问"后才得到解决。

为此,记者抓住节目中暴露出的问题展开调查,对"领导依赖症"带来的种种危害及其背后的问题根源进行深刻论证分析。

报道播出后引发相关政府部门及社会广泛关注,以此为契机,天津深入开展"讲担当、促作为、抓落实"专项行动,严肃查处行动少、落实差的问题,并探索建立市、区、街镇三级协同联动工作格局,用制度的方式解决"领导过问"才能办事的问题,增强基层治理和服务群众工作的能力和水平。

 推荐理由

报道直面"领导依赖症"这一影响基层治理能力的突出问题,从具体事例入手,由点及面、理性辩证地进行阐释和剖析,用广播独有的录音述评形式表达了鲜明的观点:基层治理不能靠"领导过问",必须靠制度。采访对象表达生动,政府部门回应没有官话套话,而是直面问题、认真反思,论证扎实有力。在"抓好基层治理现代化这项基础性工作"的大背景下,报道起到了主流媒体的舆论监督与积极建言作用,意义突出。

作品标题 > 别让千里救援寒了心

作品信息

作品类型：广播类·评论
刊播单位：山西广播电视台
推荐单位：中广联合会交通宣传委员会
主创人员：陈湘、渠卫红、董志芳、李彦翔
作品时长：9分56秒
播出平台：FM88.0山西交通广播
播出日期：2021年12月30日

作品展示

使用手机微信扫描二维码，即可观看本条获奖作品的新媒体展示。

作品简介

2021年12月24日,山西省人民政府官网发布《关于印发山西省"十四五"应急管理体系和本质安全能力建设规划》的通知。这是山西交通广播记者积极推动的结果。

2021年10月,山西发生有气象记录以来最强秋汛。全国各地多支救援队纷纷奔赴山西运送救援物资。这时,一条消息引起了记者的关注:河南救援队驰援山西,下高速咋还要收费?记者意识到这条消息关联着应急状态下相关政策法规是否健全的问题。作品《别让千里救援寒了心》由此启笔。

记者翻阅大量资料,走访多地社会救援队及山西省交通运输厅、应急管理厅,国家应急管理部等,深入采访,抽丝剥茧,弄清了事实真相,有力推动政府部门着手进行应急救援补偿规定的调研工作,充分体现了媒体积极参与社会建设的责任担当。

 推荐理由

作品立意深远,通篇采访扎实,有理有据。更可贵的是,此事得到了政府部门的积极回应。山西省政府对此事高度重视并开始着手调研"应急救援补偿机制",在完善本省应急管理制度的同时为全国及其他省市应急管理工作提供参考和解决方案。作品播出后,受到来自政府相关部门、救援队伍和广大群众的好评。

作品标题：一管污水"排"出两种作风

作品信息

作品类型：广播类·评论
刊播单位：山东广播电视台
推荐单位：中广联合会广播新闻节目委员会
主创人员：李伟、赵雪、翁平亚、马秀明
作品时长：11分9秒
播出平台：综合广播
播出日期：2022年12月31日

作品展示

使用手机微信扫描二维码，即可观看本条获奖作品的新媒体展示。

作品简介

习近平总书记强调:"干事担事,是干部的职责所在,也是价值所在。"两家企业同样是排污,一个被罚款,一个省了钱,两种不同遭遇折射的是截然相反的思想意识和工作作风。记者敏锐地抓取到两起极具新闻性、典型性的环保执法事件,创新性地采取整合对比报道手法,层层深入调查采访,抽丝剥茧挖掘出"一罚了之"和"一帮到底"背后的过程、原因和矛盾点,并依此立论,深入分析两种做法的表现、根源和影响,结合实际批判懒政怠政。作品紧扣生态环保热点,聚焦干部作风、营商环境问题,题材重大、新闻性强、观点鲜明、内容厚实、逻辑严密、对比鲜明,语言形象生动,说服力强,具有很强的现实针对性和警示意义。作品同步在闪电新闻App、齐鲁网、喜马拉雅等多个新媒体平台播出,传播范围广,社会影响大。

 推荐理由

创作者对两地执法事件进行对比报道和评论,令人拍案叫绝,显示了很强的发现和整合新闻材料的能力,这也使得作品的普遍意义和警示作用更加凸显。作品极具现实针对性,新闻性强,题材重大,立意深刻,观点鲜明,论证严密,发人深省,是一篇反对官僚主义、形式主义的佳作。

作品标题 ▸ 职业教育的喜与忧

 作品信息

作品类型：广播类·评论
刊播单位：重庆广播电视集团(总台)
推荐单位：重庆市广播电视和网络视听协会
主创人员：苏红、王雨菲、王硕、廖雪莲
作品时长：14分29秒
播出平台：广播都市频率
播出日期：2022年6月30日

 作品展示

使用手机微信扫描二维码，即可观看本条获奖作品的新媒体展示。

作品简介

新《中华人民共和国职业教育法》2022年5月1日正式施行,这是该法自1996年颁布施行以来首次大修,明确规定职业教育与普通教育具有同等重要的地位。近年来国家相继出台各项政策文件,旨在全力推动职业教育发展,助力建设技能型社会,但普通民众对职业教育有着根深蒂固的观念,认为职业教育就是低人一等的教育。职业教育如何冲破偏见,如何办好职业教育,如何培养人民满意、市场满意的技能人才是当前社会的热议话题,主创人员敏锐地捕捉到了这一社会热点,邀请了职业院校负责人、专家、评论员等展开积极讨论,引领了正确的舆论导向。作品以中考后同学和家长的升学选择为切入口,直观展示了当前同学及家长"重普高,轻职高"的态度,作品遵循了"提出问题—分析问题—解决问题"的经典模式,有评有述、层层推进。

作品在第1眼新闻App、喜马拉雅电台、蜻蜓FM等新媒体平台同步播出,引发了受众的广泛讨论,获得了良好的社会效果。

 推荐理由

作品呼吁大家要理性看待职业教育,同时指出当前职业教育发展受限的原因等。作品关切"职业教育"这一社会热点话题,巧妙地以"喜"与"忧"两个视角展开探讨。节目一经播出,便引发了受众关于职业教育的广泛讨论,获得了良好的社会效果。作品导向正确、主题明确、内容扎实、层层递进、结构合理、声音元素丰富、节奏明快,是一篇难得的广播评论佳作。

中国广播电视大奖

电视类·评论

电视类·评论

作品标题　思想耀江山——协调篇

作品信息

作品类型：电视类·评论
刊播单位：北京广播电视台
推荐单位：北京市广播影视协会
主创人员：集体
作品时长：1 小时 38 分 40 秒
播出平台：北京卫视
播出日期：2022 年 10 月 3 日

作品展示

使用手机微信扫描二维码，即可观看本条获奖作品的新媒体展示。

作品简介

　　该作品是为深入学习习近平新时代中国特色社会主义思想,贯彻新发展理念,迎接党的二十大胜利召开,由国家广电总局策划指导的重点理论节目。全片分为3集,以新发展理念之"协调发展"为主题,聚焦党的十八大以来,城乡协调发展、物质文明与精神文明协调发展、区域协调发展等方面取得的历史性成就,节目选取了四川阿布洛哈村、贵州化屋村、山西贾家庄村、广州永庆坊、北京首钢园、河北沧州市、宁夏中卫市等典型事例,用充满烟火气的故事和老百姓实实在在的生活变化,生动展现了习近平新时代中国特色社会主义思想强大的真理力量、实践力量、精神力量。

 推荐理由

　　该作品采用青年观察员的年轻视角,通过纪实探访、访谈、专家解读等多元方式,构建起"故事+情感+阐释"的话语场,为观众呈现了一个全面立体、真实可感的协调发展群像,用最具烟火气的故事展示真理的力量,让节目有了思想的深度和人文的温度,亦有实践的鲜活和生动,引人入胜。

作品标题：丰收，莫忘保护耕地！

作品信息

作品类型：电视类·评论
刊播单位：安徽广播电视台
推荐单位：安徽省广播电视联合会
主创人员：郭芹、朱明辉、程刚、许彭、谢彬
作品时长：7 分 36 秒
播出平台：安徽卫视
播出日期：2022 年 12 月 29 日

作品展示

使用手机微信扫描二维码，即可观看本条获奖作品的新媒体展示。

作品简介

　　2022年,我国粮食生产再一次取得丰收。在人们喜庆丰收之时,记者以逆向思维,历时大半年跟踪拍摄多起违法违规占用耕地事件,从居安思危的角度围绕保护耕地开展建设性评论,提出依法治地,坚决遏制耕地"非农化"、防止"非粮化"的观点;以国家自然资源部通报最新占地数据和多起占用耕地事件为论据,点名批评、直陈要害;以百姓评说、专家点评、主持人评论等方式进行充分论证;加上新闻现场多维度画面切入,集图像、非编动画等多重视觉元素于一体的电视展现手段,更增强了报道的说服力和感染力。新闻评论播出后引发社会各界热烈反响,不仅通过转发、转播在网络持续引发关注,而且因具有独特的视角和前瞻性,引起了安徽省委统战部的高度重视并推荐到中央统战部。评论播出一个多月后,新华社等一批央媒也持续跟进相关报道。

 推荐理由

　　本篇评论具有针对性、新颖性、准确性、前瞻性。
　　喜庆丰收之时,记者以逆向思维提出要依法保护耕地、确保粮食安全这一重大问题。评论针砭时弊:直陈坚决遏制耕地"非农化"、防止"非粮化"的论点;论据准确:典型案例直接点名、直击问题;论证有力:以百姓说、专家评以及翔实的数据来批评论证、表达观点。
　　该评论在省级新闻奖评选中获得专家评委的一致肯定,高票当选2022年度安徽新闻奖一等奖。

作品标题 新业态如何走出新就业"陷阱"?

作品信息

作品类型：电视类·评论
刊播单位：福建省广播影视集团
推荐单位：福建省广播电视与网络视听协会
主创人员：叶文隽、叶燕婷、徐进桂、郑丽娥、陈丹瑶、陈叶琳
作品时长：18分16秒
播出平台：福建电视台综合频道
播出日期：2022年12月29日

作品展示

使用手机微信扫描二维码，即可观看本条获奖作品的新媒体展示。

作品简介

  2021年至2022年,全国多地出现外卖平台通过引导外卖骑手注册成为"个体户"的方式,逃避用工责任,导致矛盾纠纷频发。对此,记者展开了近一年的调查,发现新业态领域存在大量不合理的用工状况,严重侵害劳动者权益,影响新业态经济高质量发展。

  节目提出要从根本上维护新业态劳动者权益,要贯彻落实习近平总书记对新业态领域发展提出的"把法律短板及时补齐,在变化中不断完善"以及党的二十大报告关于新业态劳动保障的最新精神,尽快完善法律法规,让新业态走出新就业"陷阱"。

  节目播出后引发社会广泛关注,相关报道在抖音、快手、今日头条等平台点击量超千万。同时,节目推动当地劳动部门出台相关指导意见,助推问题解决。

 推荐理由

  作品题材新颖,具有鲜明的时代性和典型性。节目及时回应党的二十大报告"要支持和规范发展新就业形态,健全劳动法律法规"的精神。

  作品观点鲜明,论证权威,对问题进行充分剖析、论证,对完善劳动保障机制、促进新业态高质量发展起到建言献策的作用。

  作品点面结合,事理分明,层层递进,可观可感,引发强烈共鸣,以小切口展现大主题,全面客观反映新业态劳动者维权呼声和各方努力,是主流媒体践行"四力"的好作品。

中国广播电视大奖

广播类·栏目

广播类·栏目

| 作品标题 | 新闻和报纸摘要 |

作品信息

作品类型:广播类·栏目
刊播单位:中央广播电视总台
推荐单位:中央广播电视总台
主创人员:集体
作品时长:30 分
播出平台:中国之声
创办日期:1950 年 4 月 10 日

作品展示

使用手机微信扫描二维码,即可观看本条获奖作品的新媒体展示。

作品简介

《新闻和报纸摘要》是总台中国之声的龙头新闻节目，是中国广播史上最具权威性、影响最大、地位最高的广播节目。2021年至2022年栏目突出广播特点，精心做好领袖报道、头条工程。同时围绕建党百年和学习宣传贯彻党的二十大精神两大主线，坚持守正创新，创新主题报道、发力媒体融合，节目好评度和收听率再创新高。收听数据显示，《新闻和报纸摘要》节目首播占该时段全国广播市场份额超过13%。此外，节目通过学习强国、云听、央视频等平台融合传播，报道点击量长期占据音频新闻类节目头部位置。其中仅"学习强国"学习平台"听新闻报摘"栏目日均流量就达约1500万人次。

 推荐理由

《新闻和报纸摘要》围绕习近平总书记在国内国际多个场合的重要活动、重要讲话，充分体现广播的快捷优势，屡次在中央媒体中最快传递领袖"同期声"。其中，仅2022年其共播出习近平总书记重要时政新闻五百多条，共摘播习近平总书记重要时政活动精彩同期声三百八十多段，总时长二百四十多分钟，领袖宣传报道传播力、影响力大幅提升。同时，《新闻和报纸摘要》聚力打造"头条工程"，用心用情用功做好习近平新时代中国特色社会主义思想宣传。2021年，《新闻和报纸摘要》头条报道《新思想引领新征程·红色足迹》探访党的十八大以来习近平总书记到访过的革命纪念地。《陕西照金传承红色基因，实现沧桑巨变》等稿件在央视新闻客户端首页推送，阅读量近50万；在学习强国平台的阅读量超过1300万。

作品标题 运河之上

作品信息

作品类型:广播类·栏目
刊播单位:北京广播电视台
推荐单位:北京市广播影视协会
主创人员:刘冰、黄彦、李瑶昕
作品时长:60 分
播出平台:FM107.3、AM1026
创办日期:2020 年 10 月 19 日

作品展示

使用手机微信扫描二维码,即可观看本条获奖作品的新媒体展示。

作品简介

作为世界文化遗产的京杭大运河，是中国古代劳动人民创造的一项伟大工程，是中国文化地位的象征之一。为全面呈现大运河沿线深入贯彻习近平总书记重要讲话精神，位于运河北首的城市广播副中心之声在2020年开播之际创新开办专题栏目《运河之上》，推进大运河文化带建设，促进京津冀协同发展。该栏目策划推出《高质量发展看北京城市副中心》《千年大运河　潮起副中心》《共庆二十大　解码副中心》等系列主题访谈，邀请政务、文旅、水务、园林等五十多家单位的二百余位负责人走进直播间，充分宣传北京市加快优质资源向副中心布局、促进副中心建设成为发展新高地的特色亮点、承载功能和辐射效果；挖掘"运河上漂来紫禁城"的深刻含义。大运河北京段是北京市第七处世界文化遗产，保留有众多桥、闸、码头遗址以及古仓库、古建筑等。该栏目还与市文物局等部门联合推出《北京擦亮运河金名片》《漕边绝艺耀幽燕》《和运河有关的胡同》《中轴线上水龙吟》等节目。

 推荐理由

《运河之上》栏目开办一年即被列入国家广电总局"中华文化广播电视传播工程"重点项目，获评2021年度北京广电局优秀文化栏目。《运河之上》利用听听FM、微信公众号、微博等平台，采取音视频、图文等形式推广节目内容，微信公众号编发图文一百多篇，视频直播二百多场，收听市场份额与上一年度相比增长24.46%。《运河之上》入选国家广电总局"2022年度(二十大)重点节目"，并纳入2022年度北京市"推进全国文化中心建设"工作重点任务清单、折子工程。栏目组创新思路和渠道，举办"漕运古镇张家湾红学论坛"，论坛全程视频直播，传播量达2300万。由栏目组牵头，联动大运河沿线八省市广电媒体的15家广播电视台，统筹多方资源推出的大型融媒体直播节目《我家住在运河边》，微博话题阅读量超2600万。

作品标题: 12316"三农"热线

作品信息

作品类型: 广播类·栏目
刊播单位: 甘肃省广播电视总台
推荐单位: 甘肃省广播电视协会
主创人员: 王玉珏、顾轩、杨建宁、胡志军、陈宏
作品时长: 120 分
播出平台: 甘肃农村广播 FM92.2
创办日期: 2008 年 4 月 1 日

作品展示

使用手机微信扫描二维码,即可观看本条获奖作品的新媒体展示。

作品简介

　　《12316"三农"热线》节目立足"三农"战场,聚焦"三农"问题,成为政府联系农民的桥梁和纽带,专家助力"三农"的抓手和阵地,也是农民致富的好参谋、好助手。节目中,专家丰富的实践经验、熟练的实操能力,给听众开的处方对症、有效、管用。这些内容经过传统媒体和融媒体平台传播,覆盖面无限放大,听众通过在新媒体平台留言、拨打热线咨询等方式,一人咨询,多人受益。节目开辟了农民与专家、农民与市场之间的便捷通道,为农业增效、农民增收、农村发展发挥了独特的作用。节目邀请了政策法规、动物疫病、畜牧养殖、蔬菜栽培、果树栽培、中药材栽培与贮藏等方面的专家,为保证节目质量,节目前主持人会根据听众留言咨询的问题与专家进行充分沟通。节目发挥"顺风耳""千里眼"的作用,全力保障农业生产正常有序进行。解答的问题都是全省各地的农民朋友在生产生活中遇到的具体困难,经专家一一分析,多数问题迎刃而解,难题不再难,成为农村科普推广的有效途径和有力手段。节目深受农民朋友的喜爱,已成为服务"三农"的有效载体和靓丽名片。

 推荐理由

　　《12316"三农"热线》节目定位明确、特色显著、受众黏度高,是一档名牌节目,2018年被国家广播电视总局评为广播电视创新创优节目。之后,节目组继续在媒体融合方面下功夫,运用"融媒体"手段对农作物的生产过程进行流程分解,以图片的方式予以生动形象的说明,结合语言解释,力求以通俗易懂的方式使听众最大化接受和吸收新技术,更好地为农户服务。节目树立起了用"广播+"对接"互联网+"的理念,推动两者深度融合发展。坚定遵循服务"三农"、宣传"三农"、助力"三农"的基本定位。节目依托广播媒体长期以来形成的权威性,紧扣受众对农产品安全、生态环境的关注点,寻找"三农"广播的切入点。

广播类·栏目

作品标题: 清晨热线

作品信息

作品类型:广播类·栏目
刊播单位:邯郸新闻传媒中心
推荐单位:中广联合会交通宣传委员会
主创人员:李华、孙国红、杜菡、郭超华、梁静、赫文清
作品时长:30 分
播出平台:邯郸交通广播
创办日期:1994 年 1 月 1 日

作品展示

使用手机微信扫描二维码,即可观看本条获奖作品的新媒体展示。

作品简介

邯郸新闻传媒中心《清晨热线》栏目创办于1994年1月1日,是一档民生服务监督类广播直播热线节目,每天早上7点整至7点40分播出。开办30年来,栏目秉持"党政群连心桥"的宗旨,围绕中心,服务群众,始终坚持"件件有着落、事事有回音"的原则,解决了群众生产、生活中大量急难愁盼问题,弘扬主旋律、传递正能量,在促进社会和谐稳定进步等方面发挥着积极的舆论监督作用,受到邯郸市委、市政府的高度重视和人民群众的信赖支持,被称为"邯郸百姓贴心人"。多年来,《清晨热线》坚持守正创新,主动适应社会发展需要,栏目永葆常新,收听(视)率一直稳居本地节目前列。栏目曾荣获"中国新闻名专栏""中国播音主持金话筒奖""全国广播栏目民生影响力十强"等称号。2018年栏目作为全省广电节目代表,入选"新时代河北省践行网上群众路线典型案例";2019年以全省唯一全媒体栏目获评"河北省广播电视名栏目"称号;2022年栏目被收入国家广电智库媒体融合发展典型案例,为全省乃至全国广电节目融合创新发展提供了思路和经验。

 推荐理由

栏目以追踪报道、深度报道见长,在弘扬主旋律、传递正能量,促进社会和谐进步等方面发挥出积极的舆论监督引导作用,受到历届市委、市政府领导的信任重视和群众的信赖支持。面对媒体融合发展的深刻变化,栏目以创新迎挑战,走出一条广播、电视、网络、手机客户端、社交平台"五位一体"的融合传播之路,并开通网上服务平台,24小时受理、转办群众问题,实现了全媒体问政。栏目以人民为中心,30年风雨兼程,始终迎着人民群众的需求走;聚焦群众急难愁盼,把实事办到群众心坎上,暖到心窝里。栏目紧紧围绕市委、市政府中心工作,坚持以人民为中心的发展思想,多年来扎扎实实为群众办实事解难题,每年通过热线、网络等多渠道受理群众反映问题七千余件,转办问题一千五百余件,群众诉求得到充分表达,问题得以及时回应。

中国广播电视大奖

电视类·栏目

电视类·栏目

作品标题: 新闻联播

作品信息

作品类型:电视类·栏目
刊播单位:中央广播电视总台
推荐单位:中央广播电视总台
主创人员:集体
作品时长:30 分
播出平台:CCTV-1 综合
创办日期:1978 年 1 月 1 日

作品展示

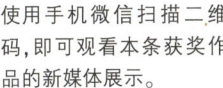

使用手机微信扫描二维码,即可观看本条获奖作品的新媒体展示。

作品简介

作为中央广播电视总台旗舰新闻栏目，《新闻联播》是中国改革开放的忠实记录者，中国电视新闻改革的领军者。《新闻联播》始终把坚持正确舆论导向放在首位，与时代共进，为人民讴歌。2021—2022年度《新闻联播》栏目紧扣中国共产党成立100周年、党的二十大重大宣传报道主题，彰显主力军、压舱石作用。以守正促创新，以创新强守正，精品节目不断涌现，收视率明显提升，从电视大屏到新媒体小屏，实现融媒体、多渠道传播，栏目品牌价值进一步延伸，展现出新闻舆论"第一阵地"的奋发进取、使命担当和强大的引领力、传播力、影响力。

 ## 推荐理由

《新闻联播》持续深化提升"头条工程"，打造深入宣传阐释习近平新时代中国特色社会主义思想，生动展现领袖魅力、领袖风采的高地，唱响新时代主流思想舆论最强音。聚力守正创新，不断探索更贴近人民群众的选题方向、报道手法、编排方式、传播手段。栏目在巩固提升传统优势的同时，创新亮点集中涌现。"创新节目+权威平台"实现现象级传播，引发热烈反响。在舆论斗争前沿，彰显中国立场、中国声音，在一系列大仗、硬仗中有力、有效地引领舆论。《新闻联播》头条报道收视率稳步提升，观众高学历、年轻化趋势明显。

作品标题：好好学习

作品信息

- 作品类型：电视类·栏目
- 刊播单位：吉林广播电视台
- 推荐单位：吉林省广播电视协会
- 主创人员：集体
- 作品时长：30分
- 播出平台：吉林卫视
- 创办日期：2017年12月2日

作品展示

使用手机微信扫描二维码，即可观看本条获奖作品的新媒体展示。

作品简介

《好好学习》栏目是在吉林省委宣传部的指导下,由吉林广播电视台开办的全国首档"七进"纪录式理论宣传栏目,旨在深入学习宣传习近平新时代中国特色社会主义思想,实现从理论文本到生活实践的转化,让受众听得懂、能领会、可落实,让有意义的理论变得更有意思,实现理论春风化雨、润物无声的传播。《好好学习》栏目为周播栏目,每期30分钟,是全国首档在卫视"920"黄金时段播出的理论宣传节目。栏目先后走进三百多个基层单位、部门,邀请吉林省内政策理论研究单位、北京大学、清华大学等国内名校及省内各高校等几十名理论专家参与节目策划、录制。栏目还将镜头放眼国内国外,走进北京、浙江、河北、河南、陕西,还走进俄罗斯等地录制节目。开播5年来,《好好学习》栏目已播出二百余期,荣获中国新闻奖两项、中国广播电视大奖4项,荣获吉林新闻奖等省级奖项二十余项。中宣部理论局充分肯定了吉林省的做法,中宣部部刊《宣传工作》先后3次推介《好好学习》的经验做法;国家广播电视总局两次对《好好学习》经验做法进行重点推介。

推荐理由

《好好学习》栏目立足宣传阐释习近平新时代中国特色社会主义思想,通过精心设计,创新呈现,实现从理论文本到生活实践的转化,让老百姓听得懂、能领会、可落实,让有意义的理论变得更有意思,实现了理论学习传播的通俗化、大众化、电视化、现代化。通过沾泥土、带露珠、冒热气的基层生产生活故事,为新时代吉林全面振兴发展留下了生动鲜活的影像,呈现出习近平新时代中国特色社会主义思想引领下的新时代、新作为、新篇章。内容方面,《好好学习》坚持以习近平新时代中国特色社会主义思想为指导,紧紧围绕省委、省政府重大战略和中心工作展开自主策划,推出系列节目。区别于全国大多数棚内录制的理论节目,《好好学习》真正走到田间地头、走到了观众身边,将抽象的理论与火热的实践相结合,让有意义的内容更有意思。

电视类·栏目

作品标题: 新闻夜线

作品信息

作品类型:电视类·栏目
刊播单位:上海广播电视台
推荐单位:上海市广播电视协会
主创人员:集体
作品时长:20 分
播出平台:新闻综合频道
创办日期:2007 年 1 月 1 日

作品展示

使用手机微信扫描二维码,即可观看本条获奖作品的新媒体展示。

👍 作品简介

《新闻夜线》栏目前身为 1990 年开播的上视《晚间新闻》，2007 年 1 月 1 日起改版为目前的播出形态。作为上海本地新闻综合频道晚间档主新闻，《新闻夜线》的定位是：深耕本地、心怀家国、放眼世界。17 年来，《新闻夜线》始终坚持守正创新，对正在发生的新闻事件进行即时关注，对备受关注的新闻内容进行重点解读，对热点新闻当事人进行深度访谈；始终站在党和国家的立场，关注国计民生，贴近百姓生活，推动社会进步。其中，"夜线约见"是整个栏目中最具特色的部分，开创了上海日播电视现场直播访谈的先河。经过 17 年的打磨，"夜线约见"在赢得本地观众高度认可的同时，随着媒体融合发展走向全国，成了具有全国知名度的"独立品牌"：舆情焦点、民生关切，约见政府部门权威解答；群众反映急难愁盼，约见相关各方推动解决；凡人微光感人故事，约见当事人讲述心路历程；国内国际重大事件，约见学者专家评论分析。17 年来，众多"顶牛"和"顶流"会聚演播室，其中有政商名流、学术名家、体坛名宿、国际名人，而更多的是普通市民。

📝 推荐理由

《新闻夜线》栏目重点关注本市及国内新闻热点，新闻播报的速度、新闻解读的深度兼备。

在媒介深度融合的过程中，《新闻夜线》主动迎接媒体变革和市场挑战，创新报道理念，加强评论深度，拓宽传播渠道，2022 年全年收视率突破 2.0，网络点击量最高时接近千万，市场占有率和收视率稳居地面频道同时段前列，栏目的知名度、名誉度和社会影响力均实现历史突破。

多年来，《新闻夜线》形塑了刚直而感性、理性而包容、锐利而克制的栏目形象，跃然成为上海本地最具影响力、最有公信力的综合性电视新闻栏目之一。

作品标题 西藏诱惑

作品信息

作品类型:电视类·栏目
刊播单位:西藏广播电视台
推荐单位:西藏自治区广播电视协会
主创人员:集体
作品时长:30 分
播出平台:西藏卫视
创办日期:2010 年 12 月 1 日

作品展示

使用手机微信扫描二维码,即可观看本条获奖作品的新媒体展示。

作品简介

《西藏诱惑》是西藏广播电视台2010年12月1日在西藏卫视推出的全新电视栏目,播出时间为周一至周五每晚9:50,类型为纪录片,时长为30分钟。栏目定位及主要宣传内容是以"西藏故事,世界表达"为宗旨的纪录片,紧紧围绕不断增强各族群众对伟大祖国、中华民族、中华文化、中国共产党、中国特色社会主义的认同,充分反映西藏自古以来就是祖国不可分割的一部分,充分反映藏汉民族同根同源,充分反映藏文化是中华文化的重要组成部分。同时宣传展示西藏自然景观、人文风情、悠久历史;探秘西藏自然现象,揭示西藏神奇文化;再现西藏社会变迁的重大事件、典型人物和故事等方面内容;在选题策划和排播上,每次一个主题、一个系列约会观众,产生记忆,形成收视预约。

 推荐理由

《西藏诱惑》是西藏广播电视台的大型特色化栏目,于2010年12月1日以委托制作的形式正式开播。经过14年的努力,《西藏诱惑》的播出已形成了良好的品牌效应,得到了观众的充分认可和好评,成了一档在西藏和全国有影响的特色化品牌栏目。栏目紧紧围绕铸牢中华民族共同体意识,聚焦历史、文化和现实题材,策划节目选题,深化节目内容,采用纪实的手法,讲述西藏历史和新西藏的故事。

中国广播电视大奖

广播类·现场直播

作品标题 神舟十五号载人飞行任务
——中国之声特别直播《筑梦空间站》

作品信息

作品类型：广播类·现场直播
刊播单位：中央广播电视总台
推荐单位：中央广播电视总台
主创人员：集体
作品时长：3 小时 21 分 26 秒
播出平台：中国之声
播出日期：2022 年 11 月 29 日

作品展示

使用手机微信扫描二维码，即可观看本条获奖作品的新媒体展示。

作品简介

神舟十五号飞行任务是中国载人航天工程 2022 年的第六次飞行任务,也是中国空间站建造阶段最后一次飞行任务。中国之声和环球资讯广播联合派出直播报道团队,通过嘉宾现场访谈、连线、录音特写等方式完成了这次直播,深刻阐释了此次任务的重大意义,展现了我国航天科技成就。直播实现了音视频同步。

 推荐理由

本次直播意义重大,独家采访了火箭、飞船系统等十几位权威嘉宾,连线多个点位现场记者,观察分析到位,现场感强,内容丰富,自然流畅,引人入胜,让听众仿佛身临其境。

广播类·现场直播

作品标题

千年运河，北首启航
——京冀运河通航大型融媒现场直播

作品信息

作品类型：广播类·现场直播
刊播单位：北京广播电视台通州媒体中心
推荐单位：北京市广播影视协会
主创人员：集体
作品时长：57分钟17秒
播出平台：城市广播副中心之声、京津冀之声、通州电台
播出日期：2022年6月24日

作品展示

使用手机微信扫描二维码，即可观看本条获奖作品的新媒体展示。

作品简介

2022年6月24日京杭大运河北京段、河北段联合举行京冀运河通航仪式,京杭大运河京冀游船互联互通,北京台"独家"融媒体直播。2017年2月,习近平总书记在北京考察时强调,"保护大运河是运河沿线所有地区的共同责任,北京要积极发挥示范作用"。2022年4月28日,京杭大运河百年来首次全线水流贯通。北京台与通州区融媒体中心4月底开始谋划和前期准备,6月24日利用4G技术实现"主直播现场(城市广播副中心之声融媒直播间)+三个外场(通航游船、杨洼船闸、通航仪式现场)"的大型融媒直播,京津冀之声、通州电台并机直播,按照通航时间轴推进,辅以运河水利建设、运河文旅开发利用、大运河文化带建设进展与成就等内容。

 推荐理由

1.擦亮大运河金字招牌。现场直播展现京杭大运河七段之一的北运河流域综合治理和运河文化遗产保护具体措施。

2.现场直播记录历史时刻。事件当事人与记者、主持人在现场和直播间讲述船闸建成前后变化,记录船闸开闸的历史一刻,体现京津冀协同发展及通州区与北三县一体化发展的成效。

3.直播难度大,广播媒体融媒创新更进一步。通航仪式现场·船闸现场·游船现场·直播间访谈四条节目线同步进行,给受众带来了一次丰富的观看、收听体验。

作品标题：绿电，来了！

作品信息

作品类型：广播类·现场直播
刊播单位：江苏省广播电视总台
推荐单位：江苏省广播电视协会
主创人员：集体
作品时长：1 小时 30 分 35 秒
播出平台：江苏交通广播网 FM101.1
播出日期：2022 年 7 月 1 日

作品展示

使用手机微信扫描二维码，即可观看本条获奖作品的新媒体展示。

作品简介

白鹤滩——江苏±800千伏特高压直流工程是我国实施"西电东送"战略的重点工程,是促进能源结构调整和节能减排的重大清洁能源项目,是全球首个混合级联特高压直流工程,意义重大。

本次直播以白江工程竣工投产、启动送电为切入口,直播现场设立在受电端常熟虞城换流站。记者走进白鹤滩水电站、虞城换流站连线报道,记录这条"西电东送"大动脉的开通运行。9路记者前往青海、甘肃、四川、云南、福建、浙江、河北等省份,全景展现中国绿色能源。直播邀请工程参与者、特高压技术专家和碳中和研究专家加入,围绕工程技术及"双碳"目标的实现途径等进行解读,作品兼具新闻性、知识性。

 推荐理由

作品主题重大,立足"双碳"目标这一"国之大者",从世界首座特高压混合级联柔性直流换流站的竣工投产、启动送电这一新闻事件出发,记者在白鹤滩水电站、虞城换流站连线采访,现场感极强,同时,放眼全国采访报道,呈现出中国大地绿色电力发展的美丽画卷,更展现出绿色发展、生态文明、自主创新、乡村振兴的时代主题。本次直播还是中国广播史上第一场碳中和现场直播,作品获评国家广播电视总局2022年第三季度优秀新闻作品。

作品标题

百家争鸣，世界瞩目
——稷下学宫遗址正式确认

作品信息

作品类型：广播类·现场直播

刊播单位：山东广播电视台

推荐单位：山东省广播电视协会

主创人员：李伟、李兴苗、胡蒙、贾晓菲、崔潇、党培哲、吕芫至、王小茜

作品时长：1小时12分4秒

播出平台：综合广播

播出日期：2022年2月25日

作品展示

使用手机微信扫描二维码，即可观看本条获奖作品的新媒体展示。

作品简介

稷下学宫是世界上开设最早的国办大学堂,与同时代的柏拉图学院并称世界两大文化奇迹。从2017年"寻找稷下学宫"考古项目启动之初,主创团队就积极关注跟进,在谜底揭开之前兵分多路深入遗址现场,直播了遗址宣布确认的过程,展示了遗址现状,还请项目负责人、顶级专家对稷下学宫的考古发掘过程和历史脉络进行了全面梳理,道出了这一重大考古发现背后的艰辛故事,并连线省内外专家探讨了这一重大发现将对世界文明对话和人类命运共同体的构建产生怎样的影响。作品主题重大,立意深远,现场感足,节奏紧凑,信息量大,冲击性强,将现场直播的特点发挥得淋漓尽致。

 推荐理由

稷下学宫遗址的确定,对研究中华文化精神、弘扬中华优秀传统文化以及增强文化自信和民族自豪感具有重要意义。广播直播在传统端重点新闻栏目播出的同时,通过闪电新闻、喜马拉雅、齐鲁网等新媒体平台同步进行了网络直播;并在当天进行了移动端视频直播,播发了多条短视频,融媒体传播矩阵影响力大,引发网友热议,产生了良好的社会影响。

作品标题 ▸ 新型复兴号从这里奔向"C 位"

作品信息

作品类型:广播类·现场直播
刊播单位:河南广播电视台
推荐单位:河南省广播电视协会
主创人员:集体
作品时长:68 分 24 秒
播出平台:交通广播
播出日期:2022 年 6 月 20 日

作品展示

使用手机微信扫描二维码,即可观看本条获奖作品的新媒体展示。

作品简介

  2022年6月20日，郑渝高铁全线通车，济郑高铁濮阳至郑州段开通运营，北京至武汉高铁提速到350公里/小时运行。这是党的二十大召开之年，中国高铁立足新起点、锚定新目标、阔步新征程的又一力作。河南交通广播联合重庆、湖北等全国7家广播电视播出机构40位记者，推出广播特别直播节目。记者从郑州、重庆等地发回体验式报道，讲述建设者、创新者、执行者的生动故事。作品从刚刚刷新两项世界纪录的郑渝高铁、济郑高铁濮阳至郑州段切入，以中国高铁技术的突破、创新、进步为经线，以高铁沿线区域经济社会发展、人情风貌为纬线，把两线内容穿插融合、巧妙串联。广播与融媒视频直播叠加，在微博等平台同步传播，话题词阅读量667.5万，获得广泛好评。

 推荐理由

  习近平总书记指出，我国自主创新的一个成功范例就是高铁，从无到有，从引进、消化、吸收再创新到自主创新，现在已经领跑世界。该作品把新闻事件放到十八大以来我国高铁通过自主创新引领世界的奋斗实践中，直播内容编排精巧、内容丰富、节奏流畅，有较强的现场感与代入感，是一期发挥广播优势、充分体现媒体专业性和责任感的直播节目。作品题材重大、立意高远，视角独特、脉络清晰，语言简洁朴实，音响丰富生动、振奋人心。

中国广播电视大奖

电视类·现场直播

作品标题：庆祝中国共产党成立100周年大会特别报道

作品信息

作品类型：电视类·现场直播
刊播单位：中央广播电视总台
推荐单位：中央广播电视总台
主创人员：集体
作品时长：3小时40分55秒
播出平台：CCTV-13新闻
播出日期：2021年7月1日

作品展示

使用手机微信扫描二维码，即可观看本条获奖作品的新媒体展示。

作品简介

庆祝中国共产党成立100周年大会直播是建党100周年报道的重中之重,中央广播电视总台新闻中心高度重视,圆满实现"世界一流 历史最好"的要求。直播系统以先进的技术手段、顶尖的直播水准,奉献了一场载入史册的视听盛宴。实现了"十个首次",创造了"国旗护卫队穿越巨型党徽行进的长镜头"等众多经典瞬间。演播室以"百年风华 再启新程"为主题,展现党的光辉历程和伟大成就,升华节目主题。总收视份额60.13%,跨媒体总触达人次为30.71亿次。

 推荐理由

庆祝大会直播特别报道守正创新、勇于突破,完美呈现大气磅礴、浓墨重彩、震撼人心的盛世盛典,以最佳角度和构图展现大党大国领袖魅力风范,体现出直播在机位设置、画面拍摄、镜头组接等方面的不断优化创新,创造了"国旗护卫队穿越巨型党徽行进的长镜头"等让人过目不忘的经典画面,取得了很好的传播效果。

作品标题：《风华正青春》建党百年 24 小时大型直播

作品信息

作品类型：电视类·现场直播
刊播单位：中国教育电视台、新华通讯社
推荐单位：中国教育电视台
主创人员：集体
作品时长：24 小时
播出平台：中国教育电视台一、四频道
播出日期：2021 年 7 月 1 日

作品展示

使用手机微信扫描二维码，即可观看本条获奖作品的新媒体展示。

作品简介

　　该直播是中国教育电视台联合新华社为庆祝建党百年,于2021年7月1日当天推出的24小时全媒体直播特别节目。分序幕、百年庆典、红色足迹、精神谱系、盛世华诞五个章节,全面展现中国共产党领导中国人民创造的历史奇迹和伟大成就,展示党的十八大以来百年大党的梦想与追求、情怀与担当。该直播以全球多点联动、跨时空直播方式覆盖全球97个报道点位;多路记者分赴国内革命圣地,报道中国共产党的革命历程及传承;连线新华社派驻德、英、俄、法、日记者,梳理马克思主义诞生、国际共产主义运动发展脉络,探寻马克思主义中国化进程。当天平均收视关注度为0.157,进入全国卫视同时段、同类型节目前列,实时收看人次2.1亿,全网点击量超9000万,被学习强国等四十余家平台同步采用。

 推荐理由

　　《风华正青春》建党百年24小时大型直播围绕中国共产党的百年奋斗史,展现中国共产党的伟大历程和光辉业绩。通过生动精彩的节目,让广大观众和网友更加深刻认识中国共产党为什么能、马克思主义为什么行、中国特色社会主义为什么好。大型直播立意高、策划精、规模大、报道深,节目主题突出、故事生动,时空跨越、全景呈现,多点互动、多屏联动,取得良好的传播效果。该大型直播是中国教育电视台重点报道的一部大型经典作品。

| 作品标题 | "人民之城"融媒联播 |

作品信息

作品类型：电视类·现场直播
刊播单位：上海广播电视台融媒体中心、上海16区融媒体中心
推荐单位：上海市广播电视协会
主创人员：集体
作品时长：1小时/场(共16场)
播出平台：东方卫视、新闻综合频道、看看新闻客户端、上海16区新媒体矩阵、新闻坊新媒体矩阵
播出日期：2022年9月6日—10月12日

作品展示

使用手机微信扫描二维码，即可观看本条获奖作品的新媒体展示。

作品简介

上海广播电视台融媒体中心牵头上海市16家区融媒联合策划的《"人民之城"融媒联播》，紧扣习近平总书记在上海首先提出的"人民城市人民建，人民城市为人民"的重要理念，以16个区每场1小时直播为主体，从不同侧面展现各区在推进人民城市建设中的特色实践和精彩亮点，呈现人民城市建设的"上海样本"。项目由市区两级采编人员共同参与，在东方卫视、新闻综合频道、看看新闻网、百视TV、百视通IPTV、东方有线、上海移动电视同步推出，并在全市各媒体及头部互联网平台联合推送。其电子海报在外滩之窗、上海中心、白玉兰广场等多处地标建筑户外大屏上同步传播，形成"1+X"的丰富产品线。16场直播、172条短视频、48张海报，各平台总浏览量达5700万。

 推荐理由

《"人民之城"融媒联播》创新重大主题报道样态，站位高远、格局开阔，形式新颖、视角多元，在党的二十大召开前夕推出，是对上海各区发展成就和城市风采的一次大巡礼，是充分展现上海践行习近平总书记"人民城市人民建，人民城市为人民"重要理念的火热实践。项目内容真实可感，融合内宣、外宣手段，有力彰显市区两级媒体融合联动特色，凝聚起全市新闻队伍的力量，用生动的镜头语言为海外观众、网友呈现出"中国之治"的生动例证和时代样本。

中国广播电视大奖

广播类·专题

广播类·专题

作品标题　十年,这里(10集)

作品信息

作品类型:广播类·专题
刊播单位:中央广播电视总台
推荐单位:中央广播电视总台
主创人员:集体
作品时长:2小时11分48秒
播出平台:中国之声
播出日期:2022年8月8—17日

作品展示

使用手机微信扫描二维码,即可观看本条获奖作品的新媒体展示。

作品简介

2012年,党的十八大召开,新时代的变革开启。中央广播电视总台中国之声策划了一组大型记录报道《十年,这里》,选择十个基层地点,十个民生领域,把话筒、镜头对准见证变革发展的普通人。从2013年起,每年到访、持续跟踪、不间断记录,到2022年,这场记录也整整持续到第十年,100篇报道绘就了一幅中国发展变迁图,一幅民生幸福图。记者深入基层、深入一线,捕捉人民群众安居乐业的美好图景,捕捉国家政策惠及于民的点滴变化,十个地点、十个领域,十年的报道如同10本厚厚的"民生相簿",相簿里,主人公的生活变化折射出的正是国家发展大势——生态文明思想逐步深入人心,医改、教改步入深水区,京津冀一体化、粤港澳大湾区建设等国家战略持续推进……十个民生样本,延伸成十条历史纵线与十段民生切片。十年来,党和国家事业取得的历史性成就、发生的历史性变革都凝聚其中,国家发展的非凡历程都能在报道里找到对应的基层案例。

 推荐理由

十年磨一剑,十载见真章。记者深入基层、深入一线,捕捉人民群众安居乐业的美好图景,捕捉国家政策惠及于民的点滴变化。这组报道兼具历史纵深、宏观视野、人文情怀,有新意、有诚意、有深意,在主题宣传报道中独树一帜,具有开创性意义。

广播类·专题

作品标题: "一线"领跑"世界高铁"

作品信息

作品类型:广播类·专题
刊播单位:天津海河传媒中心
推荐单位:天津市广播电视协会
主创人员:范静、景知诚、赵磊
作品时长:17 分 52 秒
播出平台:天津生活广播
播出日期:2022 年 12 月 29 日

作品展示

使用手机微信扫描二维码,即可观看本条获奖作品的新媒体展示。

作品简介

　　高铁是我国自主创新的一个成功范例。接触网导线是世界高铁三大核心技术之一。为宣传党的二十大精神,新冠疫情期间,记者历时数月,深入采访天津、浙江、北京等地的多位科学家,挖掘出他们打破国外封锁,自主研发出高强高导铬锆铜导线,实现从"0"到"1"突破的科研事迹。该科研成果经过十多年检验,获国家科学技术进步奖。

　　报道播出后,社会反响强烈。"天津广播"微信公众号等新媒体转发,全国各地网友拨打热线电话、撰写网络评论,如"看得人热血澎湃""这些科研人员和技术带头人才是我们真正应该崇拜的明星和偶像"……网友纷纷为中国科学家们点赞。

 推荐理由

　　选题重大,紧扣习近平总书记在党的二十大上提出的高度重视关键核心技术创新攻关的关键点。天津科研团队牵头自主研发出世界领先的高强高导接触网导线,完成了世界高铁三大核心技术之一的攻关,把中国自信用生动实践呈现出来,有深度有高度有力量。

　　记者采访深入,撰稿精细,既保持了新闻严谨性、真实性,又具有可听性。将复杂专业的科研过程转化为受众听得懂、看得明白的精彩故事,可见采写之用心。全媒体发布,扩大了宣传影响力。

作品标题　我们的现代化

作品信息

作品类型：广播类·专题
刊播单位：河北广播电视台
推荐单位：河北省广播电视协会
主创人员：集体
作品时长：49 分 14 秒
播出平台：河北新闻广播
播出日期：2022 年 12 月 31 日

作品展示

使用手机微信扫描二维码，即可观看本条获奖作品的新媒体展示。

作品简介

1.主题鲜明,选材典型。全面建设社会主义现代化国家,最艰巨最繁重的任务仍然在农村。实现中国式现代化,农村应该怎么干?本期访谈的嘉宾分别来自河北的塔元庄村、宁夏的闽宁镇和浙江的余村。这三个地方在不同发展阶段都得到了习近平总书记的亲切关怀和指导,这三个村建设现代化的历程正是中国式现代化农村发展的缩影。

2.思路清晰,结构精巧。访谈先"分进"——党的二十大代表、河北塔元庄村党委书记尹计平,福建挂职宁夏的闽宁镇党委副书记李建军以及浙江余村党支部副书记俞小平三位农村基层干部,在节目主持人引导下,分别讲述发展故事和心路历程;其后是"碰撞"——共同探寻中国式现代化建设中农村现代化的新路径、新场景,三方通话交流碰撞,有启发、有感悟、有共识。

3.制作精细,张弛有度。三地嘉宾远隔千里,不同地域口音能够引发听众的收听兴趣;制作精良的音频片花及插件片段有效丰富了听觉效果;主持人在整体节目运行中,情绪饱满,引导得当,始终掌控访谈节奏。

 推荐理由

该作品紧扣党的二十大精神,围绕"中国式现代化农村怎么干"这一主题,精选三位来自三个省份、发展路径各有特色的农村引路人作为嘉宾,主持人既分别介绍,又积极引导嘉宾之间相互交流乡村振兴发展经验,在轻松愉悦的对话中激发出中国式现代化农村如何发展的思想火花。作品策划精妙,主题突出,角度独到,节奏得当;访谈人物特点鲜明,表达清晰,节目中介绍的农村发展经验也具有较强的实践指导意义。

作品标题：为中国大豆注入"洪荒之力"

作品信息

作品类型：广播类·专题
刊播单位：吉林广播电视台
推荐单位：吉林省广播电视协会
主创人员：于汇涛、金可红、崔潇、奚畅波、王佳尧、罗春雷
作品时长：15 分 58 秒
播出平台：乡村广播
播出日期：2022 年 12 月 20 日

作品展示

使用手机微信扫描二维码，即可观看本条获奖作品的新媒体展示。

作品简介

习近平总书记强调:"种子是我国粮食安全的关键。只有用自己的手攥紧中国种子,才能端稳中国饭碗,才能实现粮食安全。"近年来,我国大豆进口量连年攀升,2020年已超亿吨。大豆产业如何从掌握优秀的种质资源破局,成为亟待解决的问题。

我国大豆育种主要采用优良品种杂交手段,长此以往,栽培大豆种子的"血缘"越发狭窄,导致育成的品种会携带各种负面特性,影响大豆的产量和品质。为了解决大豆育种的"近亲结婚"问题,我国的大豆科研工作者将研究方向对准了历经成千上万年物竞天择仍繁衍至今的野生大豆,走上了为中国大豆注入"洪荒之力"的艰辛探索之路。

记者团队历时两年,目睹了科研工作者在深山老林中采集野生大豆的艰辛,记录了科研工作者和农民庆祝野生大豆育成新品种丰收的喜悦,跟采了野生大豆直接利用成果"吉林小粒1号"和间接利用成果"杂交豆1号"的选育过程,忠实记录了我国大豆科研工作者从采集、鉴定、育种多角度研究野生大豆取得的辉煌成果,充分证明了野生大豆资源在大豆育种中的重要性,展现了科研工作者在这条探索之路上的务实精神。

推荐理由

该报道抓住我国大豆育种工作中的关键问题,讲述了我国几代大豆科研工作者攻坚克难的艰苦历程。该报道内容翔实、逻辑严密、采访丰富、立意深刻,是一篇不可多得的优秀新闻专题报道。

作品标题　最强 AI 诞生？"ChatGPT 热"背后的冷思考

作品类型：广播类·专题
刊播单位：上海广播电视台
推荐单位：中广联合会广播新闻节目委员会
主创人员：傅升崟、叶欣辰、龙敏、乐祺、郑子凌
作品时长：44 分 19 秒
播出平台：上海新闻广播
播出日期：2022 年 12 月 8 日

 作品展示

使用手机微信扫描二维码，即可观看本条获奖作品的新媒体展示。

作品简介

ChatGPT 上线之初,凭借深耕科技内容领域的职业敏感度,节目组迅速判断该技术可能引发重大变革,决定在第一时间以大版面、多角度、深思考的直播访谈形式予以关注。本期参评节目也是全国省级以上广电媒体中最早对 ChatGPT 进行深度解析的新闻访谈节目,为受众全方位、客观理解该技术提供了极有价值和前瞻性的参考。

为真实展现该技术,节目组在获取内测账号后进行了多轮测试,对其优势和局限性有了深入了解,结合多轮真实测试案例,展现前沿进展,科普算法原理,分析潜在应用,探讨安全风险与伦理冲击,更直观表达"AI 无法取代人类,但'人机共生'已是未来趋势"的核心观点。

这档直播节目获得良好反响,收听率与市场份额均在同时段节目中名列前茅。节目在网络平台阿基米德"FM 十万个为什么"社区引发听众热议。受众在表达对本期节目喜爱的同时,也积极探讨人工智能技术迅速发展所带来的两面性。本期节目是全国省级以上广电媒体中最早对此话题进行专题讨论的节目,对后续相关话题的"出圈"与"发酵"也起到了推动作用。

推荐理由

在 ChatGPT 引发全社会热议的两个月前,节目组便敏锐洞察到该技术的潜力,极具预见性地予以关注。在节目组的精心准备下,本期参评节目内容完整、论据扎实、观点全面且具有前瞻性,更保持开放态度,充分展现了团队的专业素养。

节目中提出的"AI 内容恐充斥网络、大模型竞争已进入白热化阶段、要提前对其有序发展做出规范"等观点,即使在该技术已彻底发酵的今天仍具有重要参考价值。节目为广大受众及时展现前沿科技的同时,也奉上了一场精彩的、紧跟热点的、富有知识性与哲思性的时代探讨。这档直播节目获得良好反响,收听率与市场份额均在同时段节目中名列前茅。

作品标题：二手车市场的那一滩浑水

作品信息

作品类型：广播类·专题
刊播单位：江苏省广播电视总台
推荐单位：中广联合会交通宣传委员会
主创人员：何山、于媛媛、张少宁、程琳超
作品时长：44 分
播出平台：江苏交通广播网
播出日期：2022 年 6 月 25 日

作品展示

使用手机微信扫描二维码，即可观看本条获奖作品的新媒体展示。

作品简介

　　《二手车市场的那一滩浑水》以一位江苏消费者网购二手车的消费经历为切入口,通过客观翔实的深入调查、丰富的现场音响,将二手车公司销售、第三方机构鉴定评估、市场建设等二手车流通的多个环节的共性问题曝光,并创新性地提出了建设一个公平健康的二手车全国大市场所需要的相应条件,它不仅需要可追溯体系和政策红利,也需要整个社会的诚信体系建设。该节目紧扣"双碳"目标下汽车行业发展的新变化、新趋势,极具时新性、重要性和趣味性;着重指出二手车市场发展的问题与对策,站位高,题材新,立意深。

　　节目播出后,被曝光的二手车公司免费退车,二手车鉴定评估机构主动到北京市市场监督管理局申请备案,从业5年后终于取得二手车鉴定评估资质,开始依规经营;听众、网友留言表示,这篇报道教会了他们如何识别、购买二手车;全国范围内多家二手车从业机构对调查内容进行了转发,使得该报道起到了促进行业自律的积极作用。

 推荐理由

　　紧扣时代,题材新颖。中国汽车市场由增量转为存量,二手车年交易量突破2000万台;2022年,国务院印发通知,全面取消二手车限迁政策。二手车行业迎来发展机遇的同时,也亟待规范,作品抓住这一题材展开深度报道。

　　监督有力,影响深远。节目通过深入翔实的调查,不但解决了投诉人的个案,更对促进二手车市场健康发展提出了富有建设性的意见,产生了积极的影响,北京等地出台措施,将节目提出的"建立二手车可追溯体系"予以落地。

作品标题 半纸族谱 一湾乡愁
——北京大学台胞三兄妹绵延三代人的寻根故事

作品信息

作品类型：广播类·专题
刊播单位：福建省广播影视集团
推荐单位：福建省广播电视与网络视听协会
主创人员：陈真、洪媛媛、林烯、廖振华
作品时长：23分41秒
播出平台：AM585 东南广播公司
播出日期：2022年9月21日

 作品展示

使用手机微信扫描二维码，即可观看本条获奖作品的新媒体展示。

作品简介

　　人物典型。该节目主题曲是由台湾知名音乐人方文山作词的《我们同唱一首歌》,火遍两岸。歌曲创作源于台北林家三兄妹林彦辰、林冠廷、林沛莹在爷爷林文芳去世后,凭半张族谱回大陆寻根的感人故事,同时,三兄妹继承爷爷"为祖国贡献青春"的遗志先后考入北京大学,极具代表性。

　　意义重大。在台海局势严峻复杂、有"祖根"意识的老一代日渐凋零、台湾新生代意识严重偏"绿"的大背景下,该作品折射出台湾青年实现中华民族伟大复兴中国梦的奋进精神,树立两岸同文同种,应同心同行的正确导向。

　　影响力强。该节目通过东南广播面向中国台湾、东南亚国家和地区定向播出,其体现的血脉亲情及三兄妹振兴中华的家国情怀在两岸起到了标杆作用并引发强烈共情。

 推荐理由

　　台当局大搞"去中国化"、数典忘祖的错误行径极大误导台湾青少年,而族谱正是两岸一家亲的真实体现。该节目制作于两岸开启交流35周年之际,林家"半纸族谱"寻根的故事是台湾无数盼望团圆的民众的缩影。从分隔两地的切肤之痛到后辈们继承祖先遗志排除万难跨海寻亲,他们用行动证明,两岸割不断的骨肉亲情终将融化阻隔海峡的坚冰。三兄妹振兴中华的人生规划,更彰显了当代台湾青年根植于心的家国情怀,为台湾青少年树立了榜样。

作品标题

微山湖上：一只大闸蟹的三次"蜕变"

作品信息

作品类型：广播类·专题
刊播单位：山东广播电视台
推荐单位：山东省广播电视协会
主创人员：赵雪、翁平亚、李伟、崔潇、胡蒙、相旺
作品时长：16 分 30 秒
播出平台：综合广播
播出日期：2022 年 11 月 14 日

作品展示

使用手机微信扫描二维码，即可观看本条获奖作品的新媒体展示。

作品简介

党的二十大报告提出,必须牢固树立和践行"绿水青山就是金山银山"的理念,站在人与自然和谐共生的高度谋划发展。微山湖是中国北方最大的淡水湖,是南水北调东线工程的输水干线和重要调蓄湖。过去30年尤其是近10年来,山东铁腕治污,曾经的"酱油湖"变成了"生态湖"。记者多次深入湖区蹲点调查采访,选取了"螃蟹与水"这个小切口,把微山湖大闸蟹产业的升级蜕变与湖区水污染治理政策调整的时间线巧妙融合,以大闸蟹产业的蜕变,展示山东践行习近平生态文明思想、统筹推进生态保护和高质量发展、绘就人与自然和谐共生新画卷的生动实践。作品在山东广播电视台综合广播频道播发,播出信号覆盖全省;同时,通过喜马拉雅等网络平台辐射全国。作品播出后,受到听众广泛好评与点赞。此外,作品还通过图文等形式在齐鲁网、闪电新闻等新媒体平台上进行传播,单平台最高点击量超过14万,进一步扩大了影响力。

推荐理由

1. 主题重大、结构精巧。作品在宏大背景下采用小切口叙事,以"螃蟹与水"展现微山湖生态治理,角度新颖、构思巧妙。

2. 调查深入、音响丰富。作品处处都是作者践行"四力",深入湖边、养殖池塘和大闸蟹销售基地采访的声音,丰富的现场音响不仅展现了记者扎实的采访,更将听众"带"到了微山湖边,富有感染力。

3. 融媒传播、影响深远。作品采取融媒传播的方式,扩大了传播面,增强了引导力,获得了良好的社会效果。

广播类·专题

作品标题　大河奔腾新时代

作品信息

作品类型:广播类·专题
刊播单位:河南广播电视台
推荐单位:中广联合会交通宣传委员会
主创人员:集体
作品时长:49 分 40 秒
播出平台:河南交通广播、青海交通广播、四川交通广播、甘肃交通广播、宁夏交通广播、内蒙古交通广播、陕西交通广播、山西交通广播、山东交通广播
播出日期:2022 年 9 月 18 日

作品展示

使用手机微信扫描二维码,即可观看本条获奖作品的新媒体展示。

作品简介

习近平总书记在河南主持召开黄河流域生态保护和高质量发展座谈会三周年之际,河南交通广播牵头沿黄九省(区)交通广播,同步推出重大主题报道《大河奔腾新时代》,全景式展示青海、四川、甘肃、宁夏、内蒙古、陕西、山西、河南、山东落实习近平总书记关于黄河流域生态保护和高质量发展重要讲话精神取得的丰硕成果。该新闻作品内涵深刻、采访扎实、制作精良,有高度、有温度、有品质。

该重大主题报道生动讲述黄河文化蕴含的时代价值,传递沿黄九省(区)干部群众用奋斗创造美好生活的坚定决心,广播端和移动端同步推出。直播收听人数2000万人次,广播收听率2.4%,市场占有率15.6%,在社会上引发广泛关注,奏响了迎接党的二十大胜利召开的时代乐章。

 推荐理由

主题重大。选择习近平总书记在河南主持召开黄河流域生态保护和高质量发展座谈会三周年之际,沿黄九省(区)交通广播共同推出重大主题报道。

内容丰富。按照黄河流经的省(区)聚焦当地典型人物、典型事件,挖掘其背后的感人故事。每个故事都冒热气、带露珠,见人见事见精神,让人印象深刻。

传播范围广。《大河奔腾新时代》在沿黄九省(区)交通广播同步播出后,在社会上引发广泛关注。可听性强,覆盖范围广,传播效果好。

广播类·专题

| 作品标题 | 爱在这里延伸 ——抗癌厨房里的温暖烟火 |

作品信息

作品类型:广播类·专题
刊播单位:陕西广电融媒体集团(陕西广播电视台)
推荐单位:陕西省广播电影电视协会
主创人员:刘临安、张家玮、范雪、赵功报、党军、李雷
作品时长:5分10秒
播出平台:陕西交通广播
播出日期:2021年12月31日

作品展示

使用手机微信扫描二维码,即可观看本条获奖作品的新媒体展示。

作品简介

　　主人公许凯是一个为乡村老人拍照的90后青年，其抖音账号粉丝量达到265万人，是一个颇具网络正能量的网红。在给老人拍照聊天的过程中，他得知很多外地的癌症患者在住院期间无法吃到可口的饭菜，为了满足他们的心愿，他和几个年轻人办起了抗癌厨房，他想让患者把节省下来的伙食费用于治疗，并且能吃上可口的饭菜。而他每个月都要为此花费1万多元，只能靠直播带货挣钱来补贴厨房。

　　作者在长期跟进报道的过程中备受感动，成了这里的公益志愿者，深入体验后的报道也更加生动。节目通过全媒体矩阵传播后，让受众产生了强烈的共鸣，互动平台收到许多听众的留言，他们也持续关注抗癌厨房的动态，经常去给抗癌厨房送物资或自愿加入志愿者的队伍，爱从这里延伸到四面八方，许多抗癌家庭都被爱点亮。作品通过反映年轻人投身公益事业，用互联网传播社会正能量的温暖故事，凸显当代青年的责任与担当，同时也凸显了主流媒体积极传播和弘扬正能量的作用，为全面建设社会主义核心价值观凝心聚力。

 推荐理由

　　作品选题切中时代背景。一个网红主播通过开办抗癌厨房，找到了践行"生命至上，人民至上"的理想追求。角度新颖，记者在全身心参与抗癌厨房的志愿服务中创作出感人至深的作品。反响强烈，节目通过全媒体矩阵传播，凸显了主流媒体积极传播和弘扬正能量的作用，为全面建设社会主义核心价值观凝心聚力。作者在参加全国"第八届好记者讲好故事"活动中讲述该故事，获得"优胜选手"，把爱心故事带到全国。

作品标题: "寒心"的老旧小区改造

作品信息

作品类型:广播类·专题
刊播单位:江西省宜春市广播电视台
推荐单位:江西省广播电视协会
主创人员:江波、张敏、谢小平、于蓓、匡昱宣、刘恋
作品时长:13分29秒
播出平台:宜春新闻综合广播、宜春交通音乐广播
播出日期:2022年12月15日

作品展示

使用手机微信扫描二维码,即可观看本条获奖作品的新媒体展示。

作品简介

2022年12月1日，宜春市广播电视台电台栏目《清风在线》记者接到群众反映，江西省高安市宜春齿轮厂宿舍老旧小区(以下简称"宜齿老旧小区")改造过程中，责任单位高安市筠阳街道办事处一方面对小区改造项目进行偷工减料，另一方面又以建小区配套设施——养老中心为名盖社区办公楼。记者立刻前往高安市，连续五天吃住在高安，多次到现场了解情况，在反复采访调查后确认群众反映问题属实。为更深入地调查事件原因，记者克服了诸多阻力和困难，最终采访到了高安市筠阳街道办事处、高安市住建局、宜春市住建局相关人员，了解到高安市筠阳街道办事处在具体实施宜齿老旧小区改造过程中，为节省资金用于社区办公楼建设，对小区改造项目少做、漏做，而高安市住建局对宜齿老旧小区改造项目存在监督不严、监管不力等情况。记者以充分的证据、准确的事实促使相关部门正视问题，并推动问题得到及时有效解决。

该节目通过传统广播、宜春手机台、微信公众号等"互联网+新媒体"方式进行传播，总计收听收看人数达60多万人次。

推荐理由

坚持人民至上，是党的执政理念的集中体现，但一些单位部门、个别干部却口头上重视、思想上轻视、行动上漠视，损害了人民群众的利益。记者敏锐洞察了这一现象之后坚决亮剑，对其官僚主义、形式主义进行了直观犀利的剖析与批驳，并揭示出"以人民为中心"的发展思想，不是一个抽象的概念，不能只停留在口头上、止步于思想环节，而要体现在经济社会发展各个环节中。该报道立意高远、题材深刻、采访深入、事实清楚，结构清晰；充分发挥了广播媒体声音的优势，现场同期声启聩振聋、直抵人心，极具感染力；同时报道富有建设性，有力推动实际问题的解决，体现了主流媒体激浊扬清、针砭时弊的责任担当，是一篇有力量、有温度、敢发声、善发声的好作品。

中国广播电视大奖

电视类·专题

电视类·专题

作品标题　领　航

作品信息

作品类型：电视类·专题
刊播单位：中央广播电视总台
推荐单位：中央广播电视总台
主创人员：集体
作品时长：8 小时
播出平台：CCTV-1 综合
播出日期：2022 年 10 月 8—15 日

作品展示

使用手机微信扫描二维码，即可观看本条获奖作品的新媒体展示。

作品简介

　　为迎接党的二十大胜利召开，大型电视专题片《领航》于 2022 年 10 月 8 日至 15 日在央视综合频道 20:00 档播出，一经播出便成为现象级作品。该片由中宣部联合中央党史和文献研究院、国家发展改革委、国家广播电视总局、中央广播电视总台、中央军委政治工作部等单位共同摄制，于时代光影之中，深刻回答了党和国家靠什么取得了这样的历史性成就、发生了这样的历史性变革。中宣部《新闻阅评》点评《领航》是一部集思想性、理论性、历史性、文献性、观赏性于一体的作品，是献给党的二十大的一份厚礼。

 推荐理由

　　该专题片以海外受众能理解、易接受的话语表达方式把党的二十大精神传出去、讲清楚，创新了重大题材纪录片国内版、国际版同时落地播出的生产模式。2022 年 11 月 4 日，与《领航》同步播出的 10 集国际精编版短视频在美国有线电视新闻网、欧洲新闻台、探索频道(东南亚地区)多轮播出。2023 年 2 月 27 日，《领航》国际版 52 分钟的《绘制十年》在 CGTN 各语种频道和新媒体平台播出。2023 年两会期间，《绘制十年》还通过美国《国际日报》、俄罗斯《龙报》、法国《欧洲时报》、菲律宾《商报》和香港明珠传媒等十余家媒体向海外推介。

电视类·专题

作品标题　总书记的回信

作品信息

作品类型：电视类·专题
刊播单位：河南广播电视台
推荐单位：河南省广播电视协会
主创人员：集体
作品时长：76 分 7 秒
播出平台：河南广播电视台都市频道
播出日期：2022 年 10 月 16—24 日

作品展示

使用手机微信扫描二维码，即可观看本条获奖作品的新媒体展示。

作品简介

为做好党的二十大宣传报道,河南广播电视台都市频道策划专题报道《总书记的回信》,以2013年到2022年总书记给不同领域人民群众回信为线索,用群众第一视角讲述领袖与人民的故事。该专题共九期节目,"质朴""用情"是节目的风格特质,回信精选九个典型人群:少数民族、劳动者、国测人员、考古工作者、垦荒队员、境外友人、台湾青年、香港学生、戍边战士。拍摄地域有新疆、香港、河南、台湾、西藏、北京、浙江、四川、福建等。从立项到外联、拍摄、制作,历时8个多月,每期节目,都以信作为故事指引和核心串联。这些回信是中国复兴路上的珍贵坐标,展现以习近平总书记为代表的中国共产党,对人民的关怀无微不至、无处不在。

 推荐理由

专题报道创新难,领袖宣传创新表达更不易,《总书记的回信》系列作为一档讲述领袖故事的重大题材作品,以硬核故事设置内容,以情感逻辑串联结构,以轻快剪辑赋能传播,为专题报道创新做出了有益的探索。

该系列还在广电媒体和网络视听媒体同步播出,台、网、微协同联动,实现了线上线下融合、大屏小屏互动,形成了整体声势,奏响了主旋律最强音。

《总书记的回信》系列节目,上线24小时即有三个原创话题登上微博全国热搜榜第1,相关话题总浏览量突破16.8亿,话题154次登上微博全国热搜榜、要闻榜、同城榜。该系列节目还获得国家广电总局点名表扬和省委宣传部表扬,并在全国三十多家卫视播出。

电视类·专题

作品标题　　天地大往返

作品信息

作品类型：电视类·专题
刊播单位：北京广播电视台
推荐单位：北京市广播影视协会
主创人员：杨子云、张文瑞、赵鹏、耿志宏、王珂、秦溯、王文博
作品时长：30分钟
播出平台：纪实科教频道
播出日期：2022年12月24日

作品展示

使用手机微信扫描二维码，即可观看本条获奖作品的新媒体展示。

作品简介

2022年11月29日,神舟十五号载人飞船在酒泉卫星发射中心点火升空,这是中国空间站建造阶段的收官之战。北京广播电视台纪实科教频道《创新北京》栏目的记者从火箭垂直转运、火箭燃料加注、火箭发射现场带来本次神舟十五号发射任务的全过程记录。仅在5天后,神舟十四号载人飞船降落于东风航天着陆场,该栏目记者兵分两路:一路深入大漠戈壁;另一路前往酒泉卫星发射中心测发大厅。摄制组从三位航天员陆续出舱开始,直至三位航天员分别乘专机离开落区,镜头全程追随,成为神舟十四号航天员回收任务期间最完整、最权威的影像记录。

电视端节目播出当天,收视率达到了0.24。同时栏目通过全媒体平台转载,取得了良好的传播效果,各平台账号播放量150万+。

 推荐理由

在中国载人航天工程立项30周年之际,记者深入酒泉卫星发射中心现场进行跟踪报道,用镜头记录了从火箭转运、燃料加注、航天员出征、火箭发射、太空对接、返回舱返回等各个重要时间节点。以多机位、多视角完整记录了神舟十五号发射以及神舟十四号返回两次我国重大载人航天任务。该片拍摄角度独特、剪辑紧凑,充分展现了新闻报道的时效性、真实性和权威性。

电视类·专题

作品标题　我们都是追梦人

作品信息

作品类型：电视类·专题
刊播单位：浙江广播电视集团
推荐单位：浙江省广播电视学会
主创人员：集体
作品时长：平均时长6分30秒
播出平台：浙江卫视
播出日期：2022年10月2—30日

作品展示

使用手机微信扫描二维码，即可观看本条获奖作品的新媒体展示。

作品简介

2022年是习近平总书记提出"中国梦"十周年。中国梦是强国梦、强军梦,也是航天梦、海洋梦,更是经济繁荣梦、生态文明梦……无数梦想叠加,描绘出新时代最为壮阔的图景。报道聚焦党的十八大以来的十年间,习近平总书记亲自谋划、亲自部署、亲自推动的国家战略,以及一系列"大国重器"和"超级工程",在党的二十大召开前夕,多路记者奔赴全国各地,挖掘记录各行业"追梦人"在各自岗位上建功立业、奋进新征程、圆梦新时代的追梦故事,展现十年来各行业奋斗者以小我赴家国、以奋斗立天地,同心筑梦、并肩追梦、携手圆梦,努力实现中华民族伟大复兴的昂扬姿态。报道通过一个个"有血有肉"的人物故事,展现新时代奋斗者们迸发出的磅礴力量和奉献精神。

 推荐理由

微观切口展现宏大主题。报道以"人"为立足点,通过微观人物的追梦故事,展现华夏儿女在中华民族伟大复兴征途中取得的新成就、新跨越。

平实叙述讲述动人故事。报道文风平实、情节精彩、人物形象丰满,镜头展现了问天实验舱、"蛟龙"号载人潜水器等"大国重器""超级工程"中一批鲜为人知的画面,提升可看性。

矩阵分发扩大传播价值。报道还进行了一系列新媒体延伸产品的拆分制作,进一步提升了主流媒体的传播力。

电视类·专题

作品标题: 中国新远征（第一集 千秋之业）

作品信息

作品类型：电视类·专题
刊播单位：安徽广播电视台
推荐单位：安徽省广播电视联合会
主创人员：邵晓晖、许建华、李全中、魏端东、薛明亮、刘晨宇、张京晶、夏洁
作品时长：29分10秒
播出平台：安徽广播电视台卫视频道
播出日期：2022年12月27日

作品展示

使用手机微信扫描二维码，即可观看本条获奖作品的新媒体展示。

· 135 ·

作品简介

作为国家广电总局 2022 年广播电视重点节目,它聚焦"中国式现代化"这一年度重大主题,围绕"共同富裕""高质量发展"等关键词,展开一场跨时空、跨场景、跨圈层的立体访谈。节目以浙江下姜村帮助邻村共同致富的事例为切入口,现场连线二十大代表和致富带头人,构建"场内+场外"谈话场。联合 B 站发起"我学二十大,想问一句话"话题征集活动,参与网友超过 120 万。录制时,UP 主带着网友最关注的话题,与专家连线互动,构建"线上+线下"谈话场。在交互式解读的基础上,专家从中西比较等角度,引领观众精准理解中国式现代化。

节目收视位列全国同时段前列。学习强国同步直播并在"推荐"频道推介。新媒体点击量约 1230 万,微博话题阅读量近 2400 万。

 推荐理由

学习宣传贯彻党的二十大精神是首要政治任务。习近平总书记在学习贯彻党的二十大精神研讨班开班式上,突出强调要正确理解和大力推进中国式现代化。该节目宣讲党的二十大精神、聚焦阐释中国式现代化,选题重大、内容厚重、模式新颖、表达贴地、传播有力,推动新思想飞入千门万户,为正确理解和大力推进中国式现代化提供了有力的舆论支撑。节目获得中央网信办全网推送,中宣部《新闻阅评》专期表扬。

作品标题:创出新天地

作品信息

作品类型:电视类·专题
刊播单位:河南广播电视台
推荐单位:中广联合会微视频短片委员会
主创人员:集体
作品时长:53 分 40 秒
播出平台:河南卫视
播出日期:2022 年 9 月 27 日

作品展示

使用手机微信扫描二维码,即可观看本条获奖作品的新媒体展示。

作品简介

　　《创出新天地》采制历时10个月,首批聚焦郑州、漯河、鹤壁、许昌、洛阳、周口六市,围绕人工智能、食品新赛道、数字经济等热点话题深入体验、精准剖析。该系列开创了短视频融合大专题的新思路、新模式,突破性引入"研说者"角色,在沉浸式体验、研说式串联、虚拟式融入、穿越式对话中,触摸创新成果、挖掘创新内涵、传递创新精神,实现重大主题报道的轻量化表达、矩阵式传播。

　　节目在大象新闻客户端、微博、微信公众号播出的同时,河南卫视大屏同步播出;《人民日报》、学习强国、四川观察等二百多家新闻媒体转发;抖音、快手等短视频平台第一时间转载,全网累计触达量近15亿人次。其中,主话题"创出新天地"的触达量超3.2亿,近20个话题冲入微博热搜要闻榜、同城榜。

　　中宣部以《河南广电用融合方式将"硬"题材做"活"做"软"》为题形成专期阅评给予高度评价,认为《创出新天地》是小屏思维融合大屏创作的创新之作、突破之作、代表之作。

 推荐理由

　　创新是一个民族进步的灵魂,是一个国家兴旺发达的不竭动力。为打造献礼二十大的扛鼎之作,河南广播电视台重磅推出大型特别节目《创出新天地》,该系列入选国家广电总局2022年创新案例。

　　《创出新天地》融合理念超前、创意十足,表达鲜活生动、新意十足,技术紧跟前沿、潮意十足,坚持"内容为王"的同时,深耕"技术赋能",生动阐释可以吃、可以看、可以摸、可以感的有滋有味、有声有色的创新,真正让概念式、程式化、枯燥化的创新,飞入寻常百姓家,化为实实在在的获得感。把有意义的事情做得有意思,既有政治高度、实践力度,也有创新温度、传播热度。

电视类·专题

作品标题   声歌嘹亮

作品信息

作品类型：电视类·专题
刊播单位：常州市广播电视台
推荐单位：江苏省广播电影电视协会
主创人员：潘振、徐姗、王鑫、伊宏辉、段宏、沈毅、顾弥纶、潘建炜
作品时长：33 分 30 秒
播出平台：常州广播电视台新闻综合频道
播出日期：2021 年 6 月 18 日

作品展示

使用手机微信扫描二维码，即可观看本条获奖作品的新媒体展示。

作品简介

庆祝中国共产党成立100周年,是2021年宣传工作的重中之重。常州广播电视台紧扣这一重大主题,跳出传统文献纪录片以照片、空镜头加解说为主的报道模式,以陈望道后人陈晓帆发现一张从未见过的照片,从而引起千里寻访为线索,层层设置悬念,把两位播火者(瞿秋白、陈望道)、两件经典作品(《国际歌》《共产党宣言》)、两座英雄城市(常州、金华)用一根故事主线巧妙串联起来。本片借陈晓帆的视角,带观众回到百年前的那段峥嵘岁月。人们发现,以瞿秋白、陈望道为代表的那一代先进知识分子不约而同地选择信仰马克思主义是历史的必然,早期中国共产党人为青春中国寻路的朴素愿望,与今天中国共产党人"为中国人民谋幸福,为中华民族谋复兴"的初心和使命精神相通,一脉相传。

 推荐理由

本片将现实的重访与历史的讲述有机对接,揭秘《国际歌》和《共产党宣言》这两部中共党史上重要译作的诞生细节,披露以瞿秋白、陈望道为代表的那一代中国先进知识分子在革命艰难岁月里的奋斗与牺牲,展示了中国共产党百年来一以贯之的铮铮初心,激发了年轻一代与党同情共命的真挚感情,真正体现了用现实关切看历史,读懂过去;用历史眼光看现实,启迪未来。

整部片子叙事逻辑性强,画面编排精美,脉络清晰,立意新颖,是一篇精彩的重大主题报道作品。

中国广播电视大奖

电视类·纪录片

| 作品标题 | 看见纪南城 |

作品信息

作品类型：电视类·纪录片
刊播单位：中央广播电视总台、湖北广播电视台
推荐单位：湖北省广播电视学会
主创人员：集体
作品时长：6集×30分钟
播出平台：CCTV-10科教
播出日期：2022年11月18日

作品展示

使用手机微信扫描二维码，即可观看本条获奖作品的新媒体展示。

作品简介

纪录片《看见纪南城》立足弘扬传承中华优秀传统文化,以长江文明的重要源头楚国古都城纪南城作为时空焦点,充分展示了楚文化博大精深的价值内涵和时代新义。创作团队历经三年精心打磨,运用聚焦微观历史的"主题化"表达,将遗落在各地的纪南城"神秘碎片"缀合拼接,展现出一个伟大都城迁徙演变的文明拼图。

2022年11月《看见纪南城》在央视十套首播后,获得社会各界广泛好评。央视专家审片组因其立意高远、史料扎实、制作精良,将该片力荐到央视一套和央视九套播出。2023年2月《看见纪南城》登陆央视一套晚间黄金时段,这是继九年前《楚国八百年》后,又一部在央视一套播出的"湖北造"纪录片。

推荐理由

《看见纪南城》不仅让历史"复活",让文化"说话",在创作中还力求全方位创新。在形式上以情境式呈现,赋予纪南城新的时代内涵和解读视角;在语态上设置悬念,营造强烈的氛围感、沉浸感,寻求年轻化的语态表达;在故事上从新史料、新观点中深入研究历史隐秘细节,楚国战马来源、《鹖冠子》等史料都是首次呈现,用鲜为人知的故事来提升纪录片的影响力。

电视类·纪录片

作品标题　将军之死

作品信息

作品类型：电视类·纪录片
刊播单位：辽宁广播电视台
推荐单位：辽宁省广播电视局
主创人员：宋薪宏、左震、陆钢、李宏兴、陈阳、杨祯一、齐冰、高丹
作品时长：25 分
播出平台：中央一套(首播)
播出日期：2021 年 8 月 17 日

作品展示

使用手机微信扫描二维码，即可观看本条获奖作品的新媒体展示。

作品简介

　　大型文献纪录片《山河岁月》为中宣部、中央广播电视总台重点项目,辽宁卫视承制第 28 集《将军之死》。

　　《将军之死》围绕黄显声、吉鸿昌、张自忠、戴安澜四位将军与日本侵略者艰苦卓绝的战斗,展现了中国人民克服一切艰难险阻,为实现中华民族伟大复兴而奋斗的卓然精神。摄制团队做了大量史实论证,采访了十余位烈士家属、理论专家,在全国 9 个省市自治区、直辖市进行了两轮系统拍摄,历时 9 个月的制作,通过了中央办公厅、中宣部、广电总局前后 14 轮审核后顺利播出,为庆祝建党 100 周年贡献了一分力量。

　　央视《新闻联播》连续 11 天对《山河岁月》进行特别报道,中心城市收视率最高 0.89%,收视份额 3.02%,全网零舆情,高品质地完成了中宣部布置的宣传、传播任务。《人民日报》《光明日报》均刊文进行肯定。

 推荐理由

　　《将军之死》打破了以往文献纪录片的创作桎梏,在呈现历史时空节点上的真实事件的同时,高度还原了一个个党史人物的真切样貌,充分提升了节目的叙事张力。

电视类·纪录片

作品标题 ▶ 加油！新时代

作品信息

作品类型：电视类·纪录片
摄制单位：中广联合会纪录片委员会、吉林省广播电视局、吉林广播电视台、广东广播电视台、广西广播电视台、河北广播电视台、河南广播电视台、湖北广播电视台、山东广播电视台、山西广播电视台、四川广播电视台、云南广播电视台、新疆广播电视台、江西广播电视台、黑龙江广播电视台、海南广播电视总台、重庆广播电视集团（总台）、福建省广播影视集团、深圳广播电影电视集团、厦门广播电视集团、东方良友影视传媒（北京）有限公司
推荐单位：中广联合会纪录片委员会
主创人员：范卫平、黄炜、赵捷、张余瑜、沈书、刘岳、刘静、吴煜
作品时长：6 集×50 分钟
播出平台：北京、湖南、江苏、浙江、广东卫视等全国二十多家省级卫视联播
播出日期：2022 年 10 月 24 日起

作品展示

使用手机微信扫描二维码，即可观看本条获奖作品的新媒体展示。

作品简介

《加油！新时代》是一部由广电总局指导，中广联合会出品，中广联合会纪录片委员会联合全国十八家省级广播电视台共同制作的纪录片，旨在迎接党的二十大。该片通过立意鲜明的主题表达、生动真实的百姓故事和丰富多彩的人物表现，展现了新时代中国人民在党的领导下，在习近平新时代中国特色社会主义思想的指引下，砥砺奋进、勇攀高峰的壮丽画卷。

纪录片分为六集，每集都以习近平总书记的金句为标题，如"理想照耀中国""实干成就伟业"等，既体现纪录片的政治高度，又展现普通人的生活温度。纪录片聚焦45位不同行业的奋斗者，通过他们真实的口述实录和纪实影像，让观众感受到新时代的伟大变革和历史性成就。

纪录片以普通人为叙事主体，通过其奋斗经历，揭示了新时代是每一个中国人的新时代，每一个典型人物都是伟大时代的见证者和创造者。纪录片不仅展示了新时代中国人民的精神风貌，更传递出党团结带领人民共同奋斗、创造美好生活的坚定信念和决心。

《加油！新时代》用影像语言书写了新时代的辉煌篇章，也为广大观众提供了一部生动、深刻的历史教材，激励着人们在新时代的征程中继续奋斗、勇攀高峰。

推荐理由

《加油！新时代》以回归纪实本质核心的方式、用最纯粹的纪实手段，为中国纪录片重新确立"纪实的尊严"，探索出了一条全新路径。

这是中广联合会在三年抗疫期间出品的第四部系列片。从战疫公益纪录片《今日龙抬头》、复工复产纪录片《又见炊烟》，到建党百年纪录片《青春之我》，再到《加油！新时代》，中广联合会纪录片委员会联合全国省级广播电视台，始终坚持以人民为中心的创作导向，坚守纪录片的本真核心，坚守"用客观记录的事实说话"的创作初心，为观众呈现出新时代大背景下的多彩故事，呈现出时代前进浪潮中的精彩人物。

电视类·纪录片

作品标题：老区的"华丽一族"

作品信息

作品类型：电视类·纪录片
刊播单位：江西广播电视台
推荐单位：江西省广播电视协会
主创人员：袁进涛、田凌凌、余超、许文兵、周东、刘志刚、叶定豪
作品时长：14分56秒
播出平台：江西广播电视台都市频道
播出日期：2022年12月28日

作品展示

使用手机微信扫描二维码，即可观看本条获奖作品的新媒体展示。

作品简介

　　2012年,在习近平总书记的亲切关怀、亲自推动下,国务院出台《关于支持赣南等原中央苏区振兴发展的若干意见》,开启了苏区振兴发展的新纪元。新时代的十年恰是苏区振兴发展战略实施的十年。江西广播电视台精心制作了六集系列新闻纪录片《老区"潮"起》,献礼赣南等原中央苏区振兴发展战略实施十周年。

　　《老区的"华丽一族"》作为《老区"潮"起》代表作,以赣州市于都县蓬勃发展的服装产业为时代背景,通过讲述普通妇女吴红英从灶台到T台,从于都到首都的动人故事,表达了老区不"老",风华正茂的青春活力,彰显老区人民勇立时代潮头,奋进新征程,建功新时代的豪情与担当。

 推荐理由

　　系列新闻纪录片《老区"潮"起》作为献礼"赣南等原中央苏区振兴发展战略实施十周年"的精品力作,以"潮"作为整个节目的灵魂,以独特视角全景式展现老区人民新时代新征程上的新奋斗。代表作《老区的"华丽一族"》作品创意新颖、视角独特、制作精良,具有很强的新闻性、思想性和艺术性,得到多部门联合立项支持,社会影响大。

电视类·纪录片

作品标题　　大河之洲

作品信息

作品类型：电视类·纪录片
刊播单位：山东广播电视台
推荐单位：山东省广电协会
主创人员：集体
作品时长：49分钟30秒×3集
播出平台：山东广播电视台电视卫星频道
播出日期：2022年10月20日

作品展示

使用手机微信扫描二维码，即可观看本条获奖作品的新媒体展示。

作品简介

作为首部展现黄河入海口风貌的纪录片,《大河之洲》以习近平生态文明思想为主题,创新式展现了习近平总书记关于黄河流域生态保护和高质量发展重要论述在黄河三角洲的生动实践;以黄河三角洲的生态文明建设成就为切入点,全景式展现黄河三角洲的自然之美、人文之美,向世界阐释中国生态文明建设理念,展现中国作为全球生态文明建设参与者、贡献者、引领者的国家形象。

该片在山东卫视首播后,陆续在澳洲天和电视台、CCTV-9、凤凰卫视、CGTN 等境内外媒体平台播出,取得了良好的社会反响,业界、学界和全网纷纷点赞,多个话题登上微博全国热搜,获得中国驻美大使馆官方账号的发布推介。截至 2022 年 12 月 31 日,相关内容全网总阅读量超 1.75 亿。该片入选国家广电总局"十四五"重点纪录片选题规划、2022 年度国产纪录片及创作人才扶持项目(优秀系列长片类、优秀导演类、优秀摄像类)。

 推荐理由

这部自然生态题材纪录片,紧紧围绕习近平生态文明思想这一核心主题,以国际视野对黄河三角洲地区东方白鹳、丹顶鹤等全球濒危珍稀鸟类的生活行为及生存环境进行故事性表达,高站位、宽视野、重细节、美呈现,不仅生动展示了我国在生态文明建设、可持续发展等方面的贡献,而且向国际社会展现了"人与自然和谐共生"的中国成果、"共建地球生命共同体"的中国理念和中国智慧。

作品标题

岳麓书院

作品信息

作品类型：电视类·纪录片
刊播单位：湖南广播电视台
推荐单位：湖南省广播电视协会
主创人员：章红伟、彭勃、罗茜、彭宇、谭宇、谢清平
作品时长：50 分钟×6 集
播出平台：湖南卫视、金鹰纪实频道、芒果 TV
播出日期：2021 年 9 月 22 日

作品展示

使用手机微信扫描二维码，即可观看本条获奖作品的新媒体展示。

作品简介

　　湖南广播电视台金鹰纪实频道对于大型历史文化纪录片《岳麓书院》策划多年，并组织召开多次国际研讨会。经过最后十个月的创制攻坚，在习近平总书记来到岳麓书院考察一周年之际，全球第一部以岳麓书院为主题的纪录片《岳麓书院》在湖南卫视、芒果TV、金鹰纪实频道播出。

　　大型历史人文纪录片《岳麓书院》共六集，每集50分钟。岳麓书院既是湖湘文化的标志，也是中华优秀传统文化的代表性符号。在内容架构上，《岳麓书院》将聚焦岳麓书院传统书院教育的教与学、思与辨、毁与建，以及围绕这些事件与人物折射出的教化理念、文明气质、儒家思想的变迁发展来展开讲述；在创作手法上，《岳麓书院》将遵循"主题事件化、事件故事化、故事人物化"的历史还原方法，以人物围绕书院的故事为主要情景还原载体，辅以大纵深的历史场景复建，做精美而恢宏的电影化视觉创作，并以少量主题论证叙述来点睛升华视野；在整体把握上，以书院的形制变迁为本，以与书院有关的人和事为灵，以书院的精神文脉为魂，集中体现"传道以济斯民"的教育理念、经世致用的文化风尚。

 推荐理由

　　这是一部深刻阐释湖湘文化的精品力作，片子深入浅出地以全景式的精美影像立体呈现了岳麓书院融汇古今的高度、纵横千年的深度、贯通人文的厚度。让人了解其七毁七建背后的历史情感，触摸其传道济民、经世致用、实事求是的思想温度，发现其致知载物、博文约礼、和而不同的魅力。

　　这部片子是一部在未来岁月不可移易、难以超越、可反复播放的闪亮的湖南文化名片。

电视类·纪录片

作品标题：又见三星堆

作品信息

作品类型：电视类·纪录片
刊播单位：四川广播电视台
推荐单位：四川广播电视学会
主创人员：集体
作品时长：6集×30分钟
播出平台：CCTV-9纪录、四川卫视
播出日期：2022年4月29日—5月4日

作品展示

使用手机微信扫描二维码，即可观看本条获奖作品的新媒体展示。

作品简介

纪录片《又见三星堆》历时三年,伴随式独家全景记录三星堆新祭祀坑考古发掘这一重大里程碑事件。采用穿梭机、飞猫、鱼竿摇臂等新技术手段,通过对三星堆3—8号新祭祀坑的发现、发掘、研究的跟踪拍摄,客观展现田野考古、实验考古、科技考古深度合作新模式,梳理新时代考古工作新亮点、新高度和新价值。

纪录片《又见三星堆》六集分别以"重逢""初见""守护""追寻""重生""不朽"为主题,展现出具有中国特色、中国风格、中国气派的新时代考古学,以及一代代中国考古人上下求索、寻根求真的精神气度。进一步塑造出中华民族强大的凝聚力和民族自豪感,将中国社会发展的文化软实力推向更国际化的舞台。

推荐理由

《又见三星堆》不仅展现出三星堆文明的博大深远与波澜壮阔,更加诠释出一代代国家宝藏守护人们的浪漫深情与执着初心。在纪实影像细节的褶皱之中将宏大的历史故事款款展开,将神秘的古蜀文明深入解读,让我们得以立足今天而拥抱千年。本片在央视纪录频道和四川卫视播出之后,收视表现、社会影响、行业口碑均获佳绩。在B站、腾讯视频、优酷三家联合播出以后,便荣登优酷"历史纪录片热榜"第一名、"人气排行榜上新榜"第一名、腾讯"考古类纪录片排行榜"第一名。2022年12月,本片获中宣部第十六届精神文明建设"五个一工程"优秀作品奖。

中国广播电视大奖

广播类·对外传播

作品标题: Beat the Rush (分秒人生)

作品信息

作品类型: 广播类·对外传播
刊播单位: 中央广播电视总台
推荐单位: 中央广播电视总台
主创人员: 吴佳、郭燕、王蕾、杨光、黄瑞、陈飞
作品时长: 41 分 35 秒
播出平台: 英语资讯广播
播出日期: 2022 年 5 月 20 日

作品展示

使用手机微信扫描二维码,即可观看本条获奖作品的新媒体展示。

作品简介

总台CGTN英语广播团队选取了来自不同省份的六位典型骑手,包括"父爱如山"的达达骑手丰全明、夜单骑手张永军、为妻治病的闪送骑手姚立伟、冬奥火炬手京东快递小哥栾玉帅、外卖女骑手李新菊和创办骑手之家的外卖小哥高治晓,从不同侧重点,讲述他们为家人、为梦想在北京打拼的真实故事。节目组还采访了长期跟踪研究中国农民工的华中师范大学社会学院副院长郑广怀教授和中国社会科学院研究员孙萍以及北京市人力资源和社会保障局农民工处处长王林,从宏观层面讲述分析这一群体的生存和发展状况。通过这些扎实的采访,讲述他们为家人、为梦想在北京打拼的一个个真实故事,由点到面、以小见大,生动塑造了占中国灵活就业人口10%的这支"千万大军"努力生活、奋力拼搏、追求梦想的典型群体形象,进而展现中国人面对困难时顽强乐观、不轻言放弃的精神风貌和战胜疫情的决心与信心。作品以广播节目、播客和系列短视频等形式在多平台发布,传播效果突出,海外阅读量400万,节目播放量41.7万,互动量4.3万次。

 推荐理由

Beat the Rush(《分秒人生》)选材典型,真实客观反映了近年来被持续关注的普通新蓝领群体——快递小哥和外卖骑手的生存状况,对他们在社会经济发展中的角色、境遇和诉求做出深度理性思考。作品以国外媒体常用的小人物小故事反映大主题大情怀的手法,通过一个个具体生动的人物和故事,让海外受众看到他们直面疫情和困苦的坚韧品质,同时感受到中国人战胜疫情的信心和决心。节目制作精良,感染力强,正如亚广联评委在颁奖词中所说的,该作品让国际受众"仿佛身处北京的大街小巷,跟随骑手们一起经历他们日常生活的喜怒哀乐"。作品得到国外受众大量积极反馈。

广播类·对外传播

作品标题 被人类养大的东方白鹳如何回归野外

 作品信息

作品类型：广播类·对外传播
刊播单位：天津海河传媒中心
推荐单位：天津市广播电视协会
主创人员：吴昱滨、陶微微、刘晓梅、李思媛、王栋、刘承军
作品时长：10分45秒
播出平台：加拿大华语广播网 FM105.9
播出日期：2022年12月30日

 作品展示

使用手机微信扫描二维码，即可观看本条获奖作品的新媒体展示。

作品简介

  2022年,一个令人振奋的消息传来:三只被救助的东方白鹳在天津市七里海湿地自然保护区被集中放飞。与以往不同,这三只东方白鹳从幼鸟时期就被人类饲养,经过野化训练后,成功回归自然,这样的情况极为罕见!这些幼鸟在哪里成长?野化训练的场地是如何解决的?这种方式说明天津的候鸟保护理念、候鸟保护方式取得了哪些进步?围绕这些问题,记者进行了追踪式报道。创作团队在东方白鹳幼鸟被发现的第一时间进行采写,以三只小东方白鹳的传奇经历,折射出天津人热爱自然、呵护生命、保护环境的行动和情感。这篇报道充分利用各种手段讲好故事,悬念设置巧妙,环环紧扣,引人入胜。文字细腻干净,音响丰富,前后呼应,回味无穷。

 推荐理由

  记者历时几个月跟踪这几只东方白鹳一波三折回归野生大家庭的故事,生动讲述了天津珍稀动物和湿地生态保护的成就。作品视角独特、鲜活生动、制作精良,充满人文关怀,具有社会意义。

作品标题　外国专家在云南

作品信息

作品类型：广播类·对外传播
刊播单位：云南广播电视台
推荐单位：云南省广播电视学会
主创人员：集体
作品时长：24分21秒
播出平台：云南广播电视台(新闻频率、吉祥网、国际频率)
播出日期：2022年1—6月

作品展示

使用手机微信扫描二维码，即可观看本条获奖作品的新媒体展示。

作品简介

习近平总书记指出,外宣工作要"向世界展现真实、立体、全面的中国,提高国家文化软实力和中华文化影响力"。外国专家是云南省人才队伍的有机组成部分,近年来,大批海内外有志于创新创业的科学家和企业家来到"彩云之南"施展才能、实现梦想,为我省经济社会发展贡献了"世界力量"。2022年,《外国专家在云南》节目组深入云南昆明、大理、丽江、西双版纳等多地,聚焦十余名在云南工作和生活的外国专家,他们当中有科研人员,有高校教师,有企业管理者,节目通过视频访谈、文字报道、音频讲述等三种不同的方式制作、播出,来自日本、美国、巴基斯坦、比利时等国的外国专家们亲身讲述了在七彩云南这片美丽的土地上挥洒热血的故事。《外国专家在云南》在文字报道的基础上,还发挥广播节目优势,精心制作了10期音频节目,并通过云南广播电视台新闻频率、国际频率播出,充分展示了共建"一带一路"的云南成就和云南贡献。

 ## 推荐理由

《外国专家在云南》系列报道作为外宣融媒体报道作品,视角独特、作品鲜活、制作和传播手段多样,用对话和讲故事的手法表现了外国专家们在云南的工作和生活,作品真实生动、意义重大、影响深远,同时分别通过视频、音频、图文等多种传播方式在国内外多个平台推出,是一个传播性强、具有新闻价值的优秀融媒体系列报道。

作品标题　我在冰天雪地上体育课

作品信息

作品类型：广播类·对外传播
刊播单位：中央广播电视总台
推荐单位：新疆维吾尔自治区广播电视协会
主创人员：胡晓龙、魏滨、李铭凡、李海虹、努尔丁·米吉提、段崇文
作品时长：11 分 40 秒
播出平台：加拿大多伦多华语广播网 FM105.9、新西兰奥克兰中文电台
播出日期：2022 年 1 月 16 日

作品展示

使用手机微信扫描二维码，即可观看本条获奖作品的新媒体展示。

作品简介

  作品以时间为轴,以冰雪运动课为点,从清晨到黄昏,从午夜到黎明,用富有感染力的现场音响讲述了新疆阿勒泰、克拉玛依、乌鲁木齐等地青少年通过冰雪运动磨炼意志、强健体魄、追逐梦想、实现价值的鲜活故事,展现了新疆加速推动冰雪运动进校园、助力"三亿人参与冰雪运动"的生动实践。作品与2022年北京冬奥会遥相呼应,具有浓郁的地方特色。在加拿大多伦多华语广播网FM105.9、新西兰奥克兰中文电台播出后,作品受到当地热爱中国文化的听众喜爱。

 推荐理由

  《我在冰天雪地上体育课》视角独特,音响丰富,人物典型,事例感人,通过一堂堂冰雪课,展现"三亿人参与冰雪运动"的壮阔背景,折射出边疆青少年的冰雪梦和奥运梦。作品新闻性、故事性强。

中国广播电视大奖

电视类·对外传播

作品标题：人类碳足迹

作品信息

- 作品类型：电视类·对外传播
- 刊播单位：中央广播电视总台
- 推荐单位：中央广播电视总台
- 主创人员：范昀、杨福庆、杨钊、焦阳、杨潇、王楚伦、Laurie Lew
- 作品时长：58 分 41 秒
- 播出平台：CGTN 英语频道
- 播出日期：2022 年 12 月 10 日

作品展示

使用手机微信扫描二维码，即可观看本条获奖作品的新媒体展示。

作品简介

　　CGTN 创新话语体系，推出科学纪录片《人类碳足迹》，站在文明高度探讨人类与能源的关系，以全球视角解读站在气候十字路口的中国和世界各国，如何通过科技创新，摆脱化石燃料，让人类文明之光永续。从中国大漠的太阳能发电厂，到亚马逊雨林的特高压输电项目；从世界最大电池工厂，到冰岛的碳储存基地；从肯尼亚的造林项目到集合全球智慧的热核聚变实验，全球"碳中和"行动画卷在人类共同命运和全球合作的大背景下徐徐展开。从制作之初，该片就确立了"立足中国、放眼世界"的制作理念，主创团队充分利用中央广播电视总台的全球报道网络，以北京总部为中心，协同美洲、非洲和欧洲区制作中心，跨越四大洲七个国家进行同步拍摄。"双碳"目标的实现，不仅需要全球合作和雄心，还需要科学和理性。该片选择科技创新视角，以中国"双碳"行动纲领为骨架，从发电端、输电端、储能端、碳捕集与封存、生态固碳等多个方面串联出"碳中和"行动路线，在展示我国"双碳"目标下的思考、创新和逻辑的同时，阐释中国与世界共建"人类命运共同体"的期盼。

 推荐理由

　　《人类碳足迹》是一部兼具启发性与逻辑性的科学纪录片。该片"立足中国、放眼世界"，通过全球拍摄，将生态文明建设背景和"碳中和"战略下，中国新能源的发展进步，和世界各国减排的努力，真实展现在全球观众面前。不仅体现了气候变化的紧迫，也通过全球科技创新为人们带来希望，充分体现了中国纪录片工作者向世界讲好中国故事的能力和雄心。

作品标题

百年大党
——老外讲故事·上海解放特辑

作品信息

作品类型：电视类·对外传播
刊播单位：上海广播电视台
推荐单位：上海广播电视协会
主创人员：朱晓茜、王向韬
作品时长：5分
播出平台：纪实人文频道
播出日期：2021年5月27日—6月1日

作品展示

使用手机微信扫描二维码，即可观看本条获奖作品的新媒体展示。

作品简介

《百年大党——老外讲故事·上海解放特辑》通过西方历史学者走访上海地标的形式，围绕中华人民共和国成立前后诸多历史事件，以真实客观的第三方视角讲述特殊历史时期中的党史故事。系列片邀请具有东亚史学背景、已在上海生活二十余年的昆山杜克大学历史学教授、美国人费嘉炯（Andrew Field）担任嘉宾主持，以1949年在沪西方人视角，包括外交官、新闻记者、医生、商人等代表人群，正面、客观、独家讲述上海解放故事，同时聚焦党的十八大以来上海取得的发展成就，历史与当代相呼应，彼此印证，客观阐明我党的执政基础在于人民的拥护，是历史与人民的选择。该片采用全英文史料，包括当时《纽约时报》《每日镜报》报道，美联社、路透社电文，还首度集中使用在沪发行的英文报刊如《字林西报》《密勒氏评论报》的新闻报道，以及当时驻上海外交官及亲历者的回忆录、日记、未出版口述史等。

 推荐理由

《百年大党——老外讲故事·上海解放特辑》视角独特，制作精良。该系列片是党史故事国际传播的一次创新实践，播出后广受好评，取得较好的传播效果，且屡获殊荣。系列片从2021年5月27日起登录上海纪实人文频道、百视TV移动客户端等电视端，并同步在上海发布、看看新闻等新媒体端，海外主流新媒体平台Youtube、Facebook、Twitter等推出，在这些平台广获点赞和好评，两个月的点击量就达到了1842万次。《人民日报》《光明日报》《中国日报》《解放日报》《文汇报》《新民晚报》等二十多家媒体的国内版、海外版纷纷报道该片，取得了不俗的口碑与传播效果。

作品标题 "汉字叔叔"
——留下来，做一个研究汉字的"南京人"

作品信息

作品类型：电视类·对外传播
刊播单位：江苏省广播电视总台
推荐单位：江苏省广播电视协会
主创人员：任桐、崔峰、仇园园、杨阳、朱丽君、赵玉霄、赵天阳、张家旺
作品时长：5分8秒
播出平台：江苏国际频道
播出日期：2022年2月7日

作品展示

使用手机微信扫描二维码，即可观看本条获奖作品的新媒体展示。

作品简介

江苏省广播电视总台国际频道推出"Our Dreams, Our Jiangsu"主题报道,将镜头对准在苏外籍人士"汉字叔叔",聆听他在江苏的动人故事与追梦之旅。"汉字叔叔"本名Richard Sears,由于研究汉字字源而得名。2022年"汉字叔叔"在南京获得了外国人永久居留身份证,也在南京找到了家的感觉,留在江苏安心研究汉字字源。该报道在江苏广播电视总台旗下江苏国际频道、我苏网、荔枝网等电视和网络媒体平台全面推发,"汉字叔叔"个人社交媒体账号同步发布,反响热烈。这篇报道也反映了众多在苏外籍人士的生活,他们不仅融入了江苏,也把江苏视为"第二故乡"。同时,借由汉字叔叔的故事,报道给予更多海外观众接触汉字及汉字所承载的中华文明的契机,成为传播优秀传统文化的窗口。

 推荐理由

该报道通过"汉字叔叔"第一视角的口述、多场景的跟拍呈现,生动形象地展示了一位外国友人对中国文化的热爱,同时,他在南京的生活也展现出了江苏对多元文化的包容与支持,吸引更多外籍友人进一步认识中国、了解中国、热爱中国。报道采取国际语言和覆盖海内外的传播渠道,以真实生动的故事、细腻鲜活的第一人称表达方式,通过小切口呈现大主题、小视角折射大环境、小故事展现大情怀,抓住不同国籍、不同文化背景的观众情感交流的共鸣点,展示江苏作为开放大省的良好形象。

| 作品标题 | 有朋自远方来 (Be My Guest) 第一季 |

作品信息

作品类型：电视类·对外传播
刊播单位：贵州广播电视台
推荐单位：贵州省广播电视协会
主创人员：陈曦、余晓莹、田胤星、张旖洵、龙承博、余函荫、李秋辰、靳阳
作品时长：20 分
播出平台：贵州卫视
播出日期：2022 年 10 月 30 日—11 月 27 日

作品展示

使用手机微信扫描二维码，即可观看本条获奖作品的新媒体展示。

作品简介

　　为深入学习贯彻习近平总书记重要讲话精神,落实中央关于加强新时代对外话语体系建设,按照省委、省政府的有关要求,由中共贵州省委宣传部指导,贵州广播电视台卫视中心国际传播部策划执行了贵州省首档国际传播轻综艺系列节目《有朋自远方来》(Be My Guest),打造具有地方特色的对外话语叙事创新产品,全面、真实、生动地对外讲好各民族"共同团结奋斗、共同繁荣发展"的故事。节目国内传播量突破3亿次,在国内社交平台上的总播放量达323万次,抖音App相关话题累计播放量超2.4亿次。2022年11月24日起,节目在迪拜中阿卫视播出,有效覆盖达5亿人次。节目推出的双语系列短视频,被美联社等8家覆盖五大洲的国家级通讯社选入全球稿库,海外总阅读量达8660万次。

 推荐理由

　　《有朋自远方来》(Be My Guest)节目以讲好中国故事,传播贵州声音为目标,节目整体被包裹在浓郁的贵州地方文化之中,并以外国留学生为桥梁,将其赋予世界性的传播价值。以轻综艺助力国际传播,是一种创新形式,也是有益的尝试,节目推广到了中阿卫视、美联社等国际媒体,分别使用中英阿三语播放,积极助推贵州加强与"一带一路"国家和地区的文化交流。

中国广播电视大奖

广播类·对港澳台

作品标题：大湾区之声热评：高票通过决定就是最大的民意！

作品信息

作品类型：广播类·对港澳台
刊播单位：中央广播电视总台
推荐单位：中央广播电视总台
主创人员：集体
作品时长：4分4秒
播出平台：大湾区之声
播出日期：2021年3月12日

作品展示

使用手机微信扫描二维码，即可观看本条获奖作品的新媒体展示。

作品简介

中央广播电视总台提前谋划、精准研判,在全国人大通过完善香港特区选举制度决定的第一时间,播发《大湾区之声热评:高票通过决定就是最大的民意!》。评论以香港受众习惯的粤语播音,融合音视频、图文全媒体形态,深入阐释完善特区选举制度的紧迫性、合法性、必要性,有力有效引导涉港舆论。评论在大湾区之声广播频率和新媒体平台播发后,总台重点新闻栏目《新闻联播》播报,全国并机总收视率4.01%,观众触达人次为5899万人次。评论在香港中联办网站刊发,香港《文汇报》四大海外版刊载,包括大公网、香港商报网、《紫荆》杂志等香港媒体在内的海内外媒体纷纷转载转发,形成强大舆论声势,受到中宣部《新闻阅评》充分肯定。

 推荐理由

中央广播电视总台《大湾区之声热评:高票通过决定就是最大的民意!》充分发挥涉港舆论引导作用,以攻为守、抢先发声,用立场鲜明、逻辑严密的观点论述和深入贴近、生动易懂的粤语表达,第一时间向香港受众讲清楚特区选举制度"为什么要改""改什么""怎么改""谁来改",助力争取香港人心民意,有力服务对港工作大局,取得良好传播效果。

作品标题　两岸青年看临港，留下来，就拥有未来

 作品信息

作品类型：广播类·对港澳台
刊播单位：上海广播电视台
推荐单位：上海市广播电视协会
主创人员：陈唯、孙瑜、盛陈衔、邬佳力、李军、王倩、张明霞
作品时长：21分44秒
播出平台：浦江之声
播出日期：2021年12月27日

作品展示

使用手机微信扫描二维码，即可观看本条获奖作品的新媒体展示。

作品简介

浦江之声策划推出全媒体呈现的《两岸青年看临港，留下来，就拥有未来》特别节目，正是立足于中国积极推进中国式现代化建设的大背景，结合上海加快推进社会主义现代化国际大都市建设、加快浦东引领区建设、推进自贸区新片区创新、加快五个新城建设的新征程，从两岸青年独特的视角出发，感受临港巨变，重现了上海浦东尤其是自贸区新片区在近几年发展的巨大成就，展现了两岸青年在大陆这片创新热土上的获得感和幸福感，以及在未来30年的无限精彩。

两岸青年们说，在这座未来之城、创新之城里，他们已经变成新上海人了，完全融入了上海。临港这些年的变化，不仅仅是眼中看到的外在的现代化设施、便捷的交通，还有看不见的变化，包括营商环境的变化，政府部门办事效率的进步，等等。"未来已来"已成为两岸青年的共识。特别节目倾情讲述两岸青年在上海临港创赢未来、幸福生活的故事，"两岸一家亲"引来不少年轻人的点赞。

 推荐理由

浦江之声不仅在广播端做了详细的专题报道，还汇集音频、视频、文字、图片，在话匣子App等新媒体平台上进行全媒体呈现，这部分也可以不受传统媒体限制传入岛内，取得了很好的宣传效果。

本次全媒体呈现的《两岸青年看临港，留下来，就拥有未来》特别节目，通过海报、照片、视频、广播、微信号等全媒体呈现，展现了两岸青年奋斗的足迹。节目通过独特的视角、感人的细节、有力的事实，让受众非常容易产生共鸣，取得了很好的宣传效果。

作品标题 全球首次公布古台湾人DNA证实福建是南岛语族祖源地

作品信息

作品类型：广播类·对港澳台
刊播单位：福建省广播影视集团
推荐单位：福建省广播电视与网络视听协会
主创人员：黄月慧、陈真、陈薇、林兴华
作品时长：3分24秒
播出平台：AM585东南广播公司
播出日期：2021年2月24日

作品展示

使用手机微信扫描二维码,即可观看本条获奖作品的新媒体展示。

作品简介

2021年2月23日,国际期刊《自然》杂志发表了由厦门大学人类学研究所与哈佛医学院等全球43个单位共同完成的《东亚人类种群的基因组研究》论文,在全球第一次公开中国台湾的古人类基因组数据。科研成果显示:台湾3000年至2000年前的古人类与大陆福建及其周边地区的古人、现代壮侗语人群有最接近的遗传关系,直接证明台湾少数民族所属的南岛语族起源于大陆东南沿海,福建是南岛语族祖源地。

记者第一时间采访论文第一作者——厦门大学人类学研究所所长王传超教授,指出这次研究是全球首次通过提取和测序台湾古人类的全基因组,从遗传学角度证实南岛语族的起源,有力驳斥了"台独"分子炮制的所谓"台湾民族与大陆中华民族不是一个民族"的说法。

 推荐理由

节目时效性强,报道内容由浅入深、有理有据地表述福建是南岛语族祖源地这一论断,强有力地反驳了台湾少数民族"南来"说。本消息面向中国台湾、东南亚国家和地区定向播出,引发海内外听众对此研究成果的关注,形成舆论热点。

作品标题 ▶ 台大教授带百万网友一起"回家"

作品类型：广播类·对港澳台
刊播单位：山东广播电视台
推荐单位：山东省广播电视协会
主创人员：李伟、车朝帅、胡蒙、崔潇、陈真
作品时长：16 分 23 秒
播出平台：新闻频道 AM100.8
播出日期：2022 年 12 月 5 日

作品展示

使用手机微信扫描二维码，即可观看本条获奖作品的新媒体展示。

作品简介

党的二十大报告指出:"国家统一、民族复兴的历史车轮滚滚向前,祖国完全统一一定要实现,也一定能够实现!"台湾大学"网红教授"苑举正时隔33年回大陆寻根,并把"回家"之旅与网友深度互动,引发上百万网友的关注,收获大批年轻粉丝。记者敏锐地抓取这一深具时代特点的新闻事件,全程跟踪采访他的所见所闻所思所想以及他与大陆同胞、两岸网友的交流互动,将现实追寻、历史追忆和网络互动巧妙穿插,挖掘深入、细节生动、故事感人,交织出一场直抵人心的回家旅程,用一个人的故事道出了一个民族的心声,折射出时代变迁中始终不变的精神内核:珍贵的家国情怀。

东南台《晚安台湾》节目在两岸拥有众多受众,作品在广播端播出,并在福建网络广播电台东南广播网推出,同步采制的多个音视频也在网端推出,全媒体传播内容全网点击量在千万以上,取得良好传播效果。

推荐理由

作品紧扣重大主题,选取的人物故事极具典型性,注重发掘具有时代特点的题材,从网民和年轻人的角度诠释家国情怀,展现出两岸亲情的接续传承和弘扬。作品纪实感、现场感强,音响丰富,凸显广播优势,故事曲折生动,细节挖掘充分,人物语言具有感染力,给人以深深的感动和思考。

作品标题 2022年元旦全港学校首次举行升挂国旗奏唱国歌仪式

作品信息

作品类型：广播类·对港澳台
刊播单位：广州广播电视台
推荐单位：广东省广播影视协会
主创人员：蔡璇、徐宏、帅亦雯
作品时长：3分55秒
播出平台：新闻资讯广播
播出日期：2022年1月1日

作品展示

使用手机微信扫描二维码，即可观看本条获奖作品的新媒体展示。

作品简介

2021年9月广州广播电视台驻香港记者站开始落地运作,同时由广州台与香港电台联合制作粤语节目《湾区全媒睇》在香港电台正式播出。2022年1月1日,全港学校根据香港特区政府的要求,必须于每个上课日、元旦、香港特别行政区成立纪念日及国庆日挂国旗。这是香港特区政府将国旗和国徽纳入中小学教育,培养学生对国民身份认同的重要举措。广州台驻港记者站决定抓住这一重大事件,提前精细策划做好报道。当天多路记者被安排赴香港理工大学、香港中文大学、香港福建中学附属学校、香港黄楚标中学等多所学校,直击香港教育界在升国旗、奏国歌的仪式中,迎来一个崭新的开始!广播录音作品《2022年元旦全港学校首次举行升挂国旗奏唱国歌仪式》,记录见证了这一重要时刻。该作品同时在海峡之声广播电台播出,并以"图文+音频"的形式在花城FM客户端、广州新闻电台微博等互联网平台推送,增强我国媒体对香港公众的影响力。作品播出三天内在互联网平台的总点击量超过15万。

推荐理由

题材重大,立意深远。作品抓住香港社会变化中的一个重要节点,强调大主题中的小情节。由2022年1月1日开始,全港学校必须于每个上课日以及元旦(1月1日)、香港特区成立纪念日(7月1日)和国庆节(10月1日)升挂国旗。作品正是在这一历史背景下,透过全港学校在元旦首次同日升挂国旗,为新一年揭开序幕,也为香港校园带来新气象。

从大局着眼,从小处着手,精心挑选出最具典型意义的细节。作品选取的两所学校均具有代表性。

广播特点突出,语言精炼,内涵丰富。作品充分调动广播元素,侧重细节描写,让人印象深刻。同时音响的运用对主题的烘托起到非常好的效果。人物采访有力度,能抓住人的听觉,起到强调主题的作用。

中国广播电视大奖

广播类·文艺

作品标题

音乐之声庆祝中国共产党成立100周年特别策划《颂歌》之《情深谊长》

作品信息

作品类型：广播类·文艺
刊播单位：中央广播电视总台
推荐单位：中央广播电视总台
主创人员：集体
作品时长：15 分钟/期
播出平台：音乐之声
播出日期：2021 年 6 月 23 日起

作品展示

使用手机微信扫描二维码，即可观看本条获奖作品的新媒体展示。

作品简介

中央广播电视总台文艺节目中心音乐之声2021年重磅推出庆祝中国共产党成立100周年特别策划《颂歌》。节目按照总台"思想+艺术+技术"融合创新的要求,以"青春之乐致敬青春之中国"为主题,用音视频文艺专题节目、MV、声音宣传片等结合的多元鲜活方式在音乐之声全国落地频率、央视频、云听融合播出,打造出融媒体音话结合的红色故事,多角度、立体化地展示建党百年来的光辉历程,以青春之力强劲传播正能量、弘扬主旋律、讴歌新时代。《颂歌》获评2021年国家广播电视总局广播电视创新创优节目。新华社、中新社等权威媒体对《颂歌》进行报道,全网累计触达用户1.3亿,微博相关话题阅读量累计达1390万,社会传播效果优秀,《光明日报》评"《颂歌》突显了中央广播电视总台在音乐类音频节目创作传播中的示范引领作用"。

 推荐理由

《颂歌》作为总台文艺节目中心音乐之声推出的建党百年融媒体特别策划,立意分明,结构严谨,角度创新。作品以"国家声音融合青春之乐"的生动形式,结合丰富鲜活的党史内容、多元交融的艺术手段,成为建党百年主流宣传阵营中的一支灵动有力的轻骑兵,在歌声中重温党史,传承红色基因,见证百年初心,集思想性、艺术性、欣赏性于一体,展现时代之美与精神高度,致敬中国共产党成立100周年。

| 作品标题 | 再唱马兰谣 |

作品信息

作品类型：广播类·文艺
刊播单位：北京广播电视台
推荐单位：北京市广播影视协会
主创人员：刘慧
作品时长：24分3秒
播出平台：FM97.4北京音乐广播
播出日期：2022年4月3日

作品展示

使用手机微信扫描二维码，即可观看本条获奖作品的新媒体展示。

作品简介

在 2022 年世界瞩目的北京冬奥会开幕式上，唱起《奥林匹克颂》的合唱团是来自大山里的马兰花儿童合唱团。这支合唱团完全靠着一个人在音乐教育上的投入，被托举到了世界的舞台上，她就是邓小岚。节目是作者在听闻邓小岚女士去世后，怀着悲痛的心情赶制出来的一期特别音乐纪念节目，为的是在清明前夕告慰其在天之灵。

节目旨在让更多人了解乡村音乐筑梦人邓小岚女士和她为孩子们铸造音乐梦想家园的故事。作者倾尽全力地讲述着筑梦人艰辛而又执着的音乐垦荒之路，追忆了她寻根、播种、守望的花开之路。

如果说多年之前播出的相关专题节目是记录邓小岚行走在路上的心境，那么这期节目就是主持人想为敬仰的老人家送最后一程的诚挚心意，是一次情动、心动、声起的过程，更是一场有思考、有诉求、有情怀的表达。

 推荐理由

一期节目无法描述出一位乡村音乐筑梦人生命的高度，但主持人带着思考寻求多种演播方式，在音乐的渲染下试图给予更多人以生命温度和人性光辉的感知，通过节目是可以淋漓尽致感受到的。节目主题明确，主持有张力，表达逻辑清晰，声音情感准确到位，有着很强的可听性和感染力。

| 作品标题 | 当戏韵邂逅味蕾 |

作品信息

作品类型：广播类·文艺
刊播单位：天津海河传媒中心
推荐单位：天津市广播电视协会
主创人员：霍莹、孙志伟、李鸣宇、张博俊
作品时长：20 分 58 秒
播出平台：FM99 天津音乐广播
播出日期：2022 年 12 月 28 日

作品展示

使用手机微信扫描二维码，即可观看本条获奖作品的新媒体展示。

作品简介

中国京剧艺术与中国饮食文化是中国的两大瑰宝。细细品味,两者间相互涵养、包容,总有一些说不完、扯不断的渊源。戏曲专题《当戏韵邂逅味蕾》,以两者间的渊源为主线,采用京剧趣味"嗯哼"开场,吸引对京剧好奇的年轻听众,同时也让上了"段位"的京剧爱好者产生新鲜感,把他们带入节目,挖掘中国京剧与中国饮食文化的共性与影响。

《当戏韵邂逅味蕾》选用《八珍汤》《时迁偷鸡》《罢宴》等与饮食文化有关联的剧目,通过唱段和念白的赏析,来诠释饮食文化对京剧悠远而深刻的影响,同时表现出京剧将饮食活动体现在京剧表演中、服务于整个作品的艺术表现,你中有我,我中有你,展现出中国京剧与中国饮食文化的共性与影响。京剧舞台上的真吃与假吃,不仅体现了京剧虚拟、写意的特色,还把虚实结合的玄妙展现得淋漓尽致。

 推荐理由

《当戏韵邂逅味蕾》渗透出中国京剧与中国饮食文化在不同领域生存得同样精彩的状态,同时表现出它们具有文化名片的共性,是中华文化走向世界的重要载体。该节目制作新颖、精良,播出后受到听众的喜爱,为传承中国传统文化付出了努力。

作品标题　你们，从燕赵出发

 作品信息

作品类型：广播类·文艺
刊播单位：河北广播电视台
推荐单位：河北省广播电视协会
主创人员：孙宇、骆伟、刘建春、王伟成
作品时长：31分27秒
播出平台：文艺频道FM907
播出日期：2021年12月31日

 作品展示

使用手机微信扫描二维码，即可观看本条获奖作品的新媒体展示。

作品简介

习近平总书记指出:"中国革命历史是最好的营养剂。"中国革命历史足以强健精神、滋养心田、提振信心。燕赵大地,历来英雄辈出,一个又一个英烈将自己的爱国情、报国志融入共和国的开创史、奋斗史,"绝笔"二字,何其悲壮!专题以"绝笔信"为切入点,讲述这些绝笔信背后的感人故事,这既是先烈生命的终点,也是我们走进先烈内心的起点。通过对烈士后代、党史专家等的采访,作品展现出流淌在烈士绝笔信字里行间的,共产党人钢铁般的意志和坚不可摧的信仰!

 推荐理由

1.专题立意新颖,找到了三位从燕赵出发的烈士的"绝笔信",一封封在生死关头写就的文字,展现先烈为救国救民的伟大事业贡献出宝贵的青春和生命。

2.专题探访烈士家乡,深入故居、纪念馆,记录了珍贵史料,其中李狄三内容更是首次呈现。

3.专题动人不在于宏大叙事,而是将诸多记忆的碎片细心拼合,折射出时代的光辉。

4.习近平总书记指出:"广大青年要爱国爱民,从党史学习中激发信仰、获得启发、汲取力量。"专题是抓住年轻人心的党史学习教育课。

广播类·文艺

作品标题
听见中国动画百年
——《音乐活力派》特别节目

作品信息

作品类型：广播类·文艺
刊播单位：江苏省广播电视总台
推荐单位：江苏省广播电影电视协会
主创人员：李昴、于娜懿、高犇、武鹏
作品时长：28分12秒
播出平台：江苏音乐广播FM89.7
播出日期：2022年11月27日

作品展示

使用手机微信扫描二维码，即可观看本条获奖作品的新媒体展示。

作品简介

2022年是中国动画诞生100周年,本节目以动画片为切入点,以这一特殊年份为坐标,回顾中国动画片的崛起之路,赏析中国动画片经典之作,并穿插趣味知识科普,展望中国动画片的美好未来。节目结合中国动画经典之作与时下热门动画作品,通过文学作品朗读、流行歌曲、影视作品原声带等丰富形式展现中国动画对艺术(音乐、文学、戏剧)领域的融合与创新。节目选取了相关领域专业人士的采访,内容更为严谨、翔实。节目加入听众互动环节,带领听众了解中国动画发展、制作中的趣味知识。

节目在中国动画诞生百年之际播出,紧跟时事,时效性强,讨论热度高;还穿插时下年轻群体中的文化热点,针对性强;同时内容精致化、趣味化,播出后深受好评。

 推荐理由

节目以"中国动画百年"为契机,融合文艺赏析与知识科普,以强互动和轻娱乐另辟蹊径,富有创新元素,贯穿古今,融知识于娱乐,兼具趣味性和专业性,既有纵观历史的开阔眼界,又有立足当下的精准视角,饱含深刻致敬与殷殷期盼。

作品标题

沂蒙脱贫带边疆
——九间棚建设小康社会30年目睹记

作品信息

作品类型：广播类·文艺
刊播单位：山东广播电视台
推荐单位：山东省广播电视协会
主创人员：刘莹、赵曲谱
作品时长：40分23秒
播出平台：山东广播电视台广播交通频道
播出日期：2021年6月28日

作品展示

使用手机微信扫描二维码，即可观看本条获奖作品的新媒体展示。

作品简介

长篇纪实文学《沂蒙脱贫带边疆——九间棚建设小康社会 30 年目睹记》共计 19 集,每集 20 分钟。以时间为序,立足于九间棚村的脱贫攻坚,以作者蹲点九间棚三十多年间亲眼所见、亲身经历,生动展现了九间棚人与贫穷抗争并带动边疆贫困地区脱贫的真实历程,涵盖范围由九间棚村至整个沂蒙山区,由山东至新疆、云南、甘肃,时间纵跨 1984 年至 2020 年。

作品采用双线结构:一条线写脱贫扶贫,聚焦乡村之变与其背后的密码;另一条线写精神,以九间棚精神乃至沂蒙精神一脉贯穿,着意于写脱贫致富过程中人们表现出的精神:吃苦耐劳、顽强拼搏,科学攻关、精准扶贫,克服困难、奉献牺牲及振兴经济、共同富裕。

此作品通过九间棚脱贫致富和带动边疆建设小康的壮举,真实、鲜活地将广大人民群众在中国共产党领导下脱贫致富奔小康的雄伟画卷,展现在大众面前。

 推荐理由

此作品题材重大,通过九间棚脱贫致富和带动边疆建设小康的壮举,真实再现了广大人民群众在中国共产党领导下脱贫致富奔小康的伟大壮举,是庆祝全面建成小康社会、献礼中国共产党成立 100 周年的佳作!整部作品内容扎实,情节跌宕起伏,播讲语言规范准确,清晰流畅,刚柔并济,色彩丰富,情绪细腻,角色演绎到位,引人入胜,准确诠释了作品背后的精神内涵,制作精良,极具感染力,可听性强。

作品标题：东江水长，粤港情深

作品信息

作品类型：广播类·文艺
刊播单位：广东广播电视台
推荐单位：广东省广播影视协会
主创人员：陆敏华、李燕梅、王小敏、张文、彭洁伟、胡安宇
作品时长：35 分 54 秒
播出平台：城市之声广播频率
播出日期：2022 年 7 月 31 日

作品展示

使用手机微信扫描二维码，即可观看本条获奖作品的新媒体展示。

作品简介

东江—深圳供水工程,是党中央为解决香港同胞饮水困难而兴建的跨流域大型调水工程。20世纪60年代,来自珠三角地区的上万名建设者,响应党的号召,克服重重挑战,建成规模宏大的供水工程。经过五十多年精心建设守护,东深供水工程满足了当前香港约80%的淡水需求,成为保障香港供水的生命线,解决了香港同胞面临的水资源短缺危机,是祖国全力维护和增进香港同胞福祉的具体体现,促进了香港持续繁荣发展,是祖国人民与香港同胞同甘共苦、命运与共的鲜明写照。

节目组驱车前往省水利厅、东深供水工程沿线泵站、生物消化工程站点、深圳水库等实地采访,用广播语言、微广播剧、诗朗诵、歌曲等体现东深工程建设者心系同胞的家国情怀。

 推荐理由

1.节目紧扣时代脉搏,是弘扬主旋律、充满正能量的现实题材、重大题材,很好地向港澳同胞宣传了东深供水工程的重大意义,具有鲜明的时代特色。节目回顾和展现了工程的历史、建设中的感人片段,彰显了祖国人民心系同胞的深厚情谊,展现了粤港两地一衣带水、命脉相连,凸显了中国特色社会主义事业建设者勇挑重担、攻坚克难、甘于付出的奋斗精神。

2.节目制作精良,充分运用了各种广播手段、艺术表现形式,通过多种形式展现声音的魅力,让作品既发挥声音的优势,又具有较高的欣赏性和审美价值。

广播类·文艺

作品标题　堡子乱弹

作品信息

作品类型：广播类·文艺
刊播单位：陕西广电融媒体集团(陕西广播电视台)
推荐单位：陕西省广播电影电视协会
主创人员：李倩、樊强、王芳、王力
作品时长：45分
播出平台：陕西戏曲广播(AM747、FM107.8)
播出日期：2021年9月4日

作品展示

使用手机微信扫描二维码，即可观看本条获奖作品的新媒体展示。

作品简介

  《堡子乱弹》是诗人汪文斌先生以甘陕地区历史文化为背景创作,由中广联合会中国有声阅读平台邀请陕西省播音艺术家联合录制演播的一首叙事长诗。作品按角色出场顺序由凌江、樊强、岳玲、王芳、李倩等五位艺术家合作演播。

  堡子是甘陕一代高墙合围的堡寨建筑,围墙上有瞭望口及射击孔,多由夯土版筑构建,多为当地村民为躲避战乱、地域自然灾害而建。秦腔又名"乱弹",是我国最古老的地方剧种,被称为"百戏之祖",具有丰富和庞大的声腔体系,流行于陕、甘、宁、清、新等地。

  这篇叙事长诗集中反映从清末到现代陕甘地域社会风貌、民俗传承。作品通过"乱弹"艺术在社会生活中的变迁,折射出人物个体和地方民间皮影艺术在社会变迁中的兴衰。作品跌宕起伏、一咏三叹,其间融入大量秦腔秦韵,使得这部作品风格鲜明、特色浓郁、活色生香。不仅描绘了一幅甘陕民众辛勤劳作、勇于抗争的百年生活图景,也反映出一代代勤劳勇敢的民众赓续传统文脉、励精图治、顽强拼搏的精神。

 推荐理由

  《堡子乱弹》作为以秦腔地区为背景的作品,在演播时,艺术家们将普通话和陕西方言相结合,将"乱弹"曲目与作品演播相结合,用广播剧手法实现听觉画面,充分利用广播优势呈现文学的声音魅力,声音与文字、音乐与戏曲相辅相成,整个作品浑然一体,极具艺术审美性,独特的地域特色和横跨世纪的主题张力,被听众评价为"大气磅礴,史诗风范"。

中国广播电视大奖

广播类·广播剧

作品标题 千里江山
（第十集 飞鹤云空）

作品信息

作品类型：广播类·广播剧
刊播单位：中央广播电视总台
推荐单位：中央广播电视总台
主创人员：集体
作品时长：12分45秒
播出平台：中国之声
播出日期：2022年10月9日

 作品展示

使用手机微信扫描二维码，即可观看本条获奖作品的新媒体展示。

作品简介

广播剧《千里江山》讲述了大约一千年前少年画师王希孟创作传世名画的故事,传达出"人民就是江山"的深刻内涵。按照对内和对外视音频融合出品策略,该剧共推出中英文版微广播剧20集、15条系列中短视频和两首主题歌MV,先后在中国之声、文艺之声、轻松调频、央视频、云听等多个总台广播频率和客户端、境内外新媒体和社交媒体平台,以及苹果、谷歌、声田等主流播客平台上播出,取得视听融合创新传播全新突破,获得社会各界广泛关注与好评。该剧大胆探索音频产品视频化融合传播,创作了大量配套短视频产品和音视频交互H5,并在微博等平台设置热点话题引爆热点,实现中英文、境内外平台共振,多账号和鸣,共同织就全方位、矩阵式、立体化传播格局,推动《千里江山》破壁出圈。其中,项目话题总阅览量突破2.5亿;央视频、云听、抖音等音视频平台的播放量超1200万,其中抖音平台话题播放量逾536.5万,快手平台总话题播放量超310.7万,云听播放量132.5万,B站播放量约8.2万。CCTV海外社媒账号播放量100万次。

推荐理由

该剧有五个特色:一是思想立意精深,借角色之问"没有人,再美的江山又有何意",表达对国泰民安的美好生活的向往,阐释"江山就是人民"的内涵。二是艺术创作水准高,邀请获奖编剧、导演、著名作曲家、青年歌唱家、一线中文配音演员和CGTN英语主持人等参与创播。三是融合传播效果好,实现视频引流、热点话题、大V互动、沉浸式H5等立体化传播。四是境外同步上线英文版,讲好中国优秀传统文化。五是运用AR技术,提高视频产品观赏性。

作品标题：有事找彪哥

作品信息

作品类型：广播类·广播剧
刊播单位：辽宁广播电视台
推荐单位：辽宁省广播电视局
主创人员：集体
作品时长：1时28分15秒
播出平台：辽宁广播电视台经典音乐广播
播出日期：2022年5月28日

作品展示

使用手机微信扫描二维码，即可观看本条获奖作品的新媒体展示。

作品简介

　　三集广播连续剧《有事找彪哥》通过原型张彪本人本色出演主人公,运用诙谐有趣、朴实生动的地方语言,生活化地讲述了阜新市阜蒙县司法局副局长张彪同志 38 年来在基层法律援助和人民调解一线工作的故事,详细描述了张彪为农民工讨薪提供法律援助、处理基层民事案件、化解群众矛盾纠纷、在广播电台开设法律咨询栏目、为群众开展普法宣传等生动感人事迹。该剧通过讲述张彪的事迹,展现了广大基层司法党员干部秉公执法、一心为民的公平正义精神,体现了我国当前加强基层社会治理能力的积极成果。

　　专家评价这部剧:故事根植生活,扎根基层,把基层法律援助工作的价值意义写得生动具体,富有生活气息。同时,先进人物的榜样力量和示范作用也在具体的生活中自然表现,没有口号,却感人至深,起到了非常好的宣传效果。

 推荐理由

　　该剧是向广大基层司法干部致敬的作品,最大亮点是通过主人公原型本色出演,通过生活化、接地气的对白,成功将一个走千家、进万户,行程三十多万公里,累计办理人民调解、法律援助案件三千八百余件的优秀基层司法干部形象刻画得淋漓尽致,同时,该剧也是一部向群众开展普法宣传的优秀作品。

　　这部剧的录制具有广播剧制作的新思路、新理念、新手法,导演调度到位,演播表达生动并极具地域特色,音响真实细腻,全剧音乐动情感人,整部作品极具画面感、表现力和感染力。

作品标题：花开的声音

作品信息

作品类型：广播类·广播剧
刊播单位：浙江广播电视集团
推荐单位：浙江省广播电视学会
主创人员：集体
作品时长：58分19秒
播出平台：中国之声、FM93浙江交通之声、FM104.5浙江旅游之声
播出日期：2022年10月10—11日

作品展示

使用手机微信扫描二维码，即可观看本条获奖作品的新媒体展示。

作品简介

广播剧《花开的声音》是浙江省文化艺术发展基金项目、浙江省广播电视局"十四五"重点文艺作品选题规划项目、浙江广电集团献礼党的二十大重点宣传项目,由浙江交通之声承制,于2022年10月、党的二十大前夕,通过中国之声、浙江交通之声、喜马拉雅App等平台全网播出。该剧以艺术化形式讲述80后、90后青年,从城市回归乡村,克服种种困难,带领乡亲共谋富裕新路的故事,生动展示浙江这一中国新时代"重要窗口"真实、感人的乡村生活画卷。为打造艺术精品,主创团队深入浙江山区县,蹲点采访了姜丽娟等三十多位村支书等,形成十余万字采访手记,剧本三轮重塑、十易其稿。为实现广播剧如期上线,主创团队克服疫情困难,赶赴北京、上海等地录制作品。为献礼党的二十大,主创团队创意制作同名主题曲《花开的声音》,歌颂返乡创业青年无惧困难、追求梦想的精神。该剧艺术化展现了"两山"理论指引下新时代浙江农村的变迁新貌、蓬勃生机。该剧总播放量突破6000万,被国家广电总局评为2022年第四季度创新创优节目。

推荐理由

(一)紧扣时代主题,讴歌精彩浙江。描绘乡村发展成就。该广播剧聚焦青年带头群体、展现乡村共富实践,紧扣"共同富裕"重大主题,聚焦乡村振兴现实题材,展现习近平新时代中国特色社会主义思想的实践伟力。

(二)打造文艺精品,提升艺术水平。广播剧创作团队扎实开展调研、精心打磨剧本、汇聚精英阵容,创作周期长达6个月。豪华的配音阵容和专业的配音表演,进一步增强了该剧的表现力和感染力。会聚国家一级导演、田汉戏剧奖编剧、国家一级演员实力精英团队,有力提升作品的艺术性和感染力。

(三)聚力融媒宣传,提升传播效果。首创"故事会"广播剧首播仪式,形成"广播+App"全平台发布态势。原创主题曲深入人心,展现"重要窗口""花开有声"的青春活力。

作品标题: 信念树

作品信息

作品类型:广播类·广播剧
刊播单位:江西广播电视台
推荐单位:江西省广播电视协会
主创人员:梁勇、龚荣生、丁晓胜、张龙、周俊杰、徐迎华、蓝蔚、邱乐群
作品时长:1时57分
播出平台:信息交通频率
播出日期:2021年12月28—31日

作品展示

使用手机微信扫描二维码,即可观看本条获奖作品的新媒体展示。

作品简介

广播剧《信念树》讲述了88年前,红军战士华钦才告别怀孕的妻子,踏上了红军长征之路,并为革命而牺牲。儿子华崇山长大后,继承父辈遗志,参加了志愿军,抗美援朝,保家卫国。孙子华红军,又在父辈精神的鼓舞下,参军入伍,复员后带领乡亲,完成了老区脱贫攻坚的任务,实现了祖辈、父辈追求美好生活的愿望。该剧以党的百年辉煌历程为大背景,用大时代里的小场景,打通历史和现实的界限,用宏大叙事,把当年的革命历史故事和今天新时代老区发展的现实故事融为一体,展现不同历史时期中国共产党人的初心使命,诠释"江山就是人民,人民就是江山",昭示"党的根基在人民、血脉在人民、力量在人民"的丰富内涵。此剧先后在中央广播电视总台中国之声、江西广播电视台等主要广播频率播出,并在中国军网、中央广播电视总台音频客户端(云听App)等新闻门户网站上播出。在江西广播电视台播出时,收听率0.29,位居同时段第一。《光明日报》《中国艺术报》《江西日报》等主流媒体相继对《信念树》进行了报道、刊发剧评文章。

推荐理由

广播剧《信念树》时间跨度长,历史和现实内涵丰厚,用三代人的命运,完成了对八十多年历史发展进程的提炼性和跨越性书写,折射中国社会的历史性变革和发展进程。全剧围绕理想信念这个主题主线展开。巧妙的叙事、情理之中与意料之外的情节和丰富的细节,引人入胜,增强了作品的故事性和悬念性。双时空的表现手法,既增加了戏剧的张力,又很好地诠释了信念树的深刻寓意,让听众从娓娓道来的剧情中感受到信仰不竭的力量。

作品标题: 一泓清水北上

作品信息

作品类型: 广播类·广播剧
刊播单位: 河南广播电视台、陕西新动向传媒股份有限公司
推荐单位: 河南省广播电视协会
主创人员: 张铭、周文凯、周冰、易明胜、张蕾、赵晓冬、周文扬
作品时长: 1时22分
播出平台: 河南广播电视台信息广播
播出日期: 2022年5月29—31日

作品展示

使用手机微信扫描二维码,即可观看本条获奖作品的新媒体展示。

作品简介

南水北调工程是优化我国水资源配置的"国之重器"。2021年5月，习近平总书记在南阳视察时强调，要从守护生命线的政治高度，切实维护南水北调工程安全、供水安全、水质安全。该剧对南水北调中线工程的建设和运行做了全新发掘，选取该工程中"咽喉工程"——"穿黄工程"为背景，讲述老中青三代南水北调人不同时期所经历的典型事件，重点描写他们的科技创新故事，再现南水北调人为确保一泓清水北上勇于担当和无私奉献精神。

该剧具有很强的现实意义和时代价值，描绘了广大水利科技人员以奉献诠释初心，用担当践行使命，靠改革创新夯实守护"生命线"生动画卷，用实际行动践行了习近平总书记的嘱托，体现了大国重器的本色，彰显了他们身上代代传承的爱国主义精神和以改革创新为核心的时代精神，也同步展示了我国水利科学事业的高速发展。该剧在河南、湖北、陕西等省级媒体、中央广播电视总台中国之声和学习强国、云听客户端、蜻蜓、喜马拉雅等平台及南水北调各管理处微信公众号上推送后获一致好评，并荣获河南省第十三届精神文明建设"五个一工程"奖。

推荐理由

该剧展示了我国水利事业的高质量发展，描绘了广大水利科技人员以奉献诠释初心，用担当践行使命，靠改革创新夯实守护"生命线"的动人画卷。这是对习近平总书记嘱托的生动践行和庄严承诺，他们不但能够建设好，也能守护好南水北调工程。

该剧立意深远，取材新颖，结构设置别具匠心，主创阵容强大，演员表演真实感人，音乐恢宏大气，音响效果逼真，后期制作精良，多种艺术表现手段并举，是一部有深度、有温度、有时代气息的广播剧。

作品标题：回　家

作品信息

作品类型：广播类·广播剧
刊播单位：四川广播电视台
推荐单位：四川省广播电视学会
主创人员：集体
作品时长：1 时 16 分
播出平台：中央广播电视总台中国之声、四川广播电视台新闻频率、湖南广播电视台经济广播
播出日期：2022 年 1—4 月

作品展示

使用手机微信扫描二维码，即可观看本条获奖作品的新媒体展示。

作品简介

入选2021年四川省委宣传部"四川省主题文艺精品创作生产年度项目"、四川省广电局"十四五"内容创作重点选题规划(第一批)的三集广播剧《回家》由四川广播电视台创作出品。近年来,大熊猫承载着中国人民的美好心愿漂洋过海,在许多国家掀起了经久不衰的"熊猫旋风",展示了中国和平友善、开放包容的国家形象。

剧目以中国特色生物多样性保护之路的探索发展历程为创作主轴,落脚"大熊猫野化放归"。在剧中,顾教授、张志民、韦东东、杨晓萱等一代又一代大熊猫保护研究中心科研人员接棒攻坚,最终实现"人工圈养种群补给野生种群大熊猫"的梦想,表达了让濒危动物在自然条件下的存续发展,既是大熊猫保护研究事业的终极目标之一,也是真正的人与自然的和谐相处。

《回家》讲述的是一代又一代中国科学家创新探索大熊猫野化放归自然、回归家园的圆梦故事,深情讴歌中国共产党的生态初心,展现中国特色生物多样性保护之路的伟大历程,为全球生物多样性保护贡献"中国智慧",在中央广播电视总台中国之声广播剧专栏《记录中国》首播、两会期间重播。

推荐理由

地球是人类的家园,也是动物们的家园,"回家"是所有生命最重要的情感需求和最温暖的归宿。该剧以中国特色生物多样性保护之路的探索发展历程作为创作主轴,落脚"大熊猫野化放归",以精彩的艺术创作呈现出生态保护理念,真实展现人与熊猫之间真挚深厚、和谐相惜的情感,思想深刻,具有很强的情感共鸣和现实意义。《回家》还描写了大陆与台湾地区科学家在熊猫回归自然的合作研究中同心同行的浓厚情谊,让"回家"有了更丰富的内涵。

作品标题

南海榕

作品信息

作品类型：广播类·广播剧
刊播单位：深圳广播电影电视集团、海口广播电视台
推荐单位：广东省广播影视协会
主创人员：集体
作品时长：1时54分42秒
播出平台：音乐频率
播出日期：2022年4月9日

作品展示

使用手机微信扫描二维码，即可观看本条获奖作品的新媒体展示。

作品简介

在中国共产党带领全国人民向第二个百年奋斗目标进军新征程之际，四集广播剧《南海榕》应运而生。故事发轫于20世纪70年代末，改革开放总设计师邓小平敏锐觉察到发生在南方深圳的波澜脉动，做出了建立经济特区的历史性决策。在深圳，关于国有土地使用权的争议，将一支建筑工程队、一个参加特区建设的工程兵连队和有志投资内地企业的港商裹挟到了时代的澎湃大潮中。中共中央党史和文献研究院邓小平理论与改革开放新时期党史研究处专家受邀担任该剧总编审，为其思想主题把脉定向。

该剧用声音演播艺术凸显了"改革开放是决定当代中国命运的关键一招、中国共产党是引领中国抵达民族复兴光辉彼岸的核心力量"的时代主题。《南海榕》的故事纵贯了中国改革开放以来的时代全画幅，以具有时代象征意义的南海榕为核心艺术意象，用发生在首都北京和特区深圳的两条并行的故事线，折射出深圳走过的改革开放进程，见证了中国走向繁荣富强的历史，成为中华民族迈上伟大复兴之路的声音印证。

推荐理由

四集广播剧《南海榕》以纵横捭阖的历史观照、形象饱满的人物塑造和生动细腻的声音刻画，记录伟大历程，状写时代脉动，让一段激荡东方大国命运的时代传奇载入声音的史册。该剧立意高拔，立于时代峰峦之上；视角平易，坚持以人民为中心；语汇创新，声音艺术特质鲜明；底蕴厚实，生活气息引人入胜。

《南海榕》从声音艺术的独特视角折射了民族复兴征程的道路自信、理论自信、制度自信、文化自信，对于全面贯彻习近平新时代中国特色社会主义思想，把坚定拥护"两个确立"转化为坚决做到"两个维护"的思想自觉、政治自觉、行动自觉，发挥了广播剧艺术不可替代的声音力量，成为最敏感的时代触角和人民心声的赤忱传达！

作品标题　　宋庆龄

作品信息

作品类型：广播类·广播剧
制作单位：中国宋庆龄基金会
推荐单位：中广联合会有声阅读委员会
主创人员：集体
作品时长：1时52分42秒
播出平台：中央广播电视总台文艺之声FM调频106.6、宁夏旅游广播、宁夏音乐广播、宁夏经济广播
播出日期：2022年12月27—30日

作品展示

使用手机微信扫描二维码，即可观看本条获奖作品的新媒体展示。

作品简介

2023年1月27日,是中华人民共和国缔造者之一、国家名誉主席宋庆龄同志130周年诞辰。由中国宋庆龄基金会和中国广播电视社会组织联合会出品,中广联合会有声阅读委员会承制的"未来讲堂"特别节目——四集广播连续剧《宋庆龄》于2022年12月27日到2022年12月30日在传统广播平台和新媒体平台上线播出。

该剧传承和弘扬宋庆龄的崇高精神,深切缅怀这位20世纪的伟大女性。该剧每集独立成章,用生动的人物和故事情节,讲述宋庆龄跟随历史的脚步不断前进,把毕生精力献给中国人民民主和社会主义事业、献给世界和平和人类进步事业的故事,如团结力量共同抗敌、创办上海儿童剧团等。

该剧录制考究,制作精良,在演播上力图真实感人。邀请全国政协委员、中国儿童艺术剧院院长、国家一级编剧冯俐率团队编剧,国家一级导演、中国广播剧研究会专家组成员王金兑执导。剧中,宋庆龄由著名表演艺术家吕中声演,青年宋庆龄、毛泽东、孙中山分别由著名演播艺术家季冠霖、吴俊全、杨默声演。他们经验丰富,演播真实感人,震撼人心。

推荐理由

1. 题材及演播事迹具有代表性和重要意义

该剧主题突出,结构合理,取舍得当,叙事流畅。所选事迹有代表性,能够充分体现宋庆龄的崇高精神。剧中其他人物虽然出场时间都不长,但都因为出现的场景、事件的典型性而让人印象深刻。

2. 内容和形式特点鲜明

该剧浓缩了宋庆龄一生的主要革命事迹,以她和国际友人爱泼斯坦的对话和自述的方式,回顾了她在不同革命时期所经历的重要事件和重要人物。

3. 线索设计巧妙,重大事件把握得当

该剧既有革命事件大场面的回顾,又有具体工作细节的描写,很多细节写得很生动,吸引人。该剧对宋庆龄的塑造既从若干典型历史事件中描写了她坚定不移的革命信念、百折不挠的革命意志,又从日常生活中描写了她善良的性格和高贵典雅的气质,使这一光辉形象可信、可敬、可爱、可亲。

图书在版编目(CIP)数据

中国广播电视大奖 2021—2022 年度广播电视节目奖获奖作品选/范卫平主编.--北京:中国传媒大学出版社,2024.6.
ISBN 978-7-5657-3681-0
Ⅰ.G229.2
中国国家版本馆 CIP 数据核字第 2024WW8194 号

中国广播电视大奖 2021—2022 年度广播电视节目奖获奖作品选
ZHONGGUO GUANGBO DIANSHI DAJIANG 2021—2022 NIANDU GUANGBO DIANSHI JIEMUJIANG HUOJIANG ZUOPIN XUAN

主　　编	范卫平
策划编辑	曾婧娴
责任编辑	沈刘红
封面设计	风得信设计·阿东
责任印制	李志鹏

出版发行	中国传媒大学出版社		
社　　址	北京市朝阳区定福庄东街 1 号	邮　　编	100024
电　　话	86-10-65450528　65450532	传　　真	65779405
网　　址	http://cucp.cuc.edu.cn		
经　　销	全国新华书店		
印　　刷	北京中科印刷有限公司		
开　　本	710mm×1000mm　1/16		
印　　张	14.75		
字　　数	303 千字		
版　　次	2024 年 6 月第 1 版		
印　　次	2024 年 6 月第 1 次印刷		
书　　号	ISBN 978-7-5657-3681-0/G·3681	定　价	88.00 元

本社法律顾问:北京嘉润律师事务所　郭建平